살인자의 쇼핑몰

새소설
05

살인자의 쇼핑몰

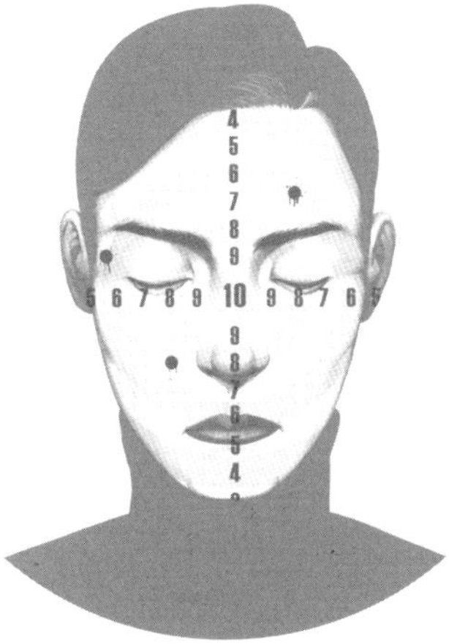

강지영 장편소설

자음과모음

차
례

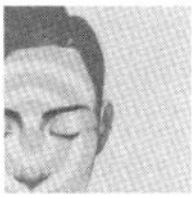

돌이켜보니 삼촌은 이상한 사람이었다.

아빠의 말에 따르면 삼촌은 중학생 시절 이미 성인처럼 덩치가 컸다고 했다. 게다가 어찌 된 일인지 이마 가장자리부터 탈모가 시작돼 언뜻 사십대로도 보였단다. 신분증 검사 없이 술이나 담배를 살 수도 있었지만 삼촌은 그런 하찮은 일에 노안을 허비하지 않았다.

주말이면 그는 버스를 네 번이나 갈아타고 도시로 나가 도박을 배웠다고 했다. 눈이 벌겋게 충혈되어 돌아온 삼촌은 늘 할아버지 몫의 담배 한 보루와 할머니 몫의 내의 따위를 내려놓고 아빠에겐 입을 닦아 얄미웠단다. 삼촌은 고등학교 진학을 한 달 앞둔 어느 날, 홀연 나이키 더플백과 함께 사라졌다. 그리고 정확히 20년 뒤에 돌아왔다. 내가 태어나기 하루 전날이었다.

삼촌에 대해 또렷이 기억나는 하루가 있었다. 할머니의 장례식 날이었다. 나나 삼촌 모두 장례식에 참석하지 않고 덩그러니 집에 남아 가요 순위 프로그램을 보았다.

"잘 기억해. 무는 개는 짖지 않아. 그건 짖게 만들면 더 이상 물 수 없단 뜻이기도 해. 개를 짖게 하는 건 생각보다 어려워. 놈 앞에서 내가 강하다는 걸 증명해야 하거든."

삼촌은 수첩에 뭔가를 끼적거리며 내게 말했다.

"개랑 싸우지 않으면 되잖아."

삼촌은 정수리까지 말끔하게 벗겨진 머리에 풍성한 턱수염, 크고 선량해 보이는 눈 덕에 사람 좋은 털보 아저씨처럼 보이지만, 얇고 꽉 다문 입술에서 이따금 툭툭 터져 나오는 말들은 결전을 앞둔 갱단 두목 같았다.

"개는 어디에든 있어. 그러니 싸움을 피할 방법 같은 건 없다는 거야. 물론 네가 생각하는 개의 모습이 아닐 순 있지. 할머니는 죽음이라는 커다란 검은 개에게 물린 거야. 너는 오늘 아침에 늦잠을 자고 싶어 했지만 방학 소집에 참석해야 할 임무를 지키느라 게으름이라는 개와 싸워 이긴 거고. 너무 어려운 얘기 같겠지만 여덟 살이면 이제 세상을 알 때도 됐어."

삼촌은 수많은 개의 이름을 내게 말해줬다. 식탐, 거짓말, 도둑질, 간지럼, 핑계, 반항심……. 나는 담도암으로 병상에 누워 있던, 그림자처럼 새카맣게 변해버린 할머니를 떠올렸다. 내가 아는 할머니라면 커다란 검은 개와 싸우지 않을 터였다. 개 또한 그런 한 줌도 되지 않는 새카만 노인에게 덤벼들진 않으리라. 하지만 삼촌은 진지했다. 나는 그와 언쟁을 벌일 생각이 없었다. 어른이란 때때로 아이가 비위만 잘 맞추면 선물이나 간식으로 선심을 쓰는 데 인색하지 않다는 걸 나는 알고 있었다.

"무슨 얘긴지 알았고, 개 앞에서 강해 보이는 방법이나 가르쳐줘."

나는 리모컨으로 TV를 끄고 삼촌의 두툼한 허벅지를 벴다. 그의 낡은 리바이스 청바지가 땀으로 축축했다.

"절대 눈을 피하면 안 돼. 눈빛으로 말해야 하니까. 나는 네놈에 대해 다 알고 있다! 너의 부모, 형제자매, 애인과 친구, 그들의 부모와 형제자매, 애인과 친구까지. 그리고 천천히 거리를 좁혀가는 거야."

삼촌은 정말 개와 마주 앉은 것처럼 눈을 홉뜨고 주먹을 움켜쥐었다.

"그게 다야?"

"아니지, 그건 시작에 불과해. 눈은 그대로 향한 채 천천히 다가서며 기회를 틈타 놈이 가장 아끼는 걸 빼앗아야 돼."

"가장 아끼는 걸 어떻게 알아내?"

"잘 관찰하면 알 수 있어. 젖이 분 암컷 곁엔 새끼가 있기 마련이고, 목줄이 달린 개 옆엔 밥그릇이 놓여 있지. 겁 많은 주인을 지키는 개도 있고, 볼품없는 장난감이 세상 전부인 개도 있어."

흥미롭지만 쓸모없는 이야기였다. 동네에 개라곤 아빠 트럭을 타고 20분은 나가야 만날 수 있는 미니마트의 토이푸들뿐이었다. 게다가 그 녀석은 나만 보면 배를 보이는 순한 개였다.

"삼촌은 할머니가 돌아가셨는데 슬프지 않아?"

삼촌은 내가 열심히 이야기를 들어준다고 루비의 키친 놀이 세트나 생크림케이크를 선뜻 사줄 어른은 아닌 것 같았다.

"슬퍼하면 안 돼. 검은 개는 그걸 원하니까. 대신 조용히 준비해야지. 놈이 가장 아끼는 걸 빼앗을 준비."

"하아. 배고프다, 나."

삼촌은 어깨를 한번 으쓱해 보이더니 나를 번쩍 들어 옆구리에 끼우고 부엌으로 향했다. 그는 전자레인지에서 냉동 피자가 데워지는 동안 차가운 캔커피를 거푸 두 캔이나 마셨다. 우리가 설컹거리는 덜 익은 피자를 사이에 두고 마주 앉았을 때 삼촌의 휴대폰이 진동했다.

"네, 맞는데요."

삼촌이 전화를 받으며 의자에서 일어섰다. 현관으로 걸어가 슬리퍼를 꿰어 신는 그의 회색 티셔츠 등허리가 땀에 흠뻑 젖어 있었다. 나는 피자에서 페퍼로니만 골라 먹으며 삼촌을 기다렸다. 하지만 그는 돌아오지 않았다. 지금도 그날의 기억이 또렷한 건, 빈집에서 사흘이나 삼촌과 부모님을 기다린 탓이었다. 어른들의 휴대폰은 전원이 꺼져 있었고, 가장 가까운 이웃도 내 걸음으론 반나절은 걸어가야 닿을 수 있었다. 행여 집을 비운 사이 누군가 돌아올지 모른다는 생각이 나를 붙잡아 맸다. 사흘째 되는 저녁, 정말 누군가가 현관문을 두드렸다. 엄마이길 간절히 바라며 달려 나갔지만 구몬 선생님이었다.

"지안아, 왜 집에 너 혼자야?"

선생님은 내가 묻고 싶은 걸 내게 물었다. 나는 손등으로 눈물을 훔쳐내며 고개를 가로저었다. 그러곤 정말 집에 아무도 없는지 새삼 의심스러워 고개를 돌렸다. 집 안 곳곳엔 웅크린 검은 개처럼 어둠이 도사리고 있었다. 혼자 남겨진 사흘 동안, 나는 어둠의 품에 안겨 먹고 자고 칭얼거리며 버텨냈다. 내 숨결과 체취가 섞여 있을 검은 개는 두려워하기엔 너무나 익숙한 존재가 되고 말았다. 나는 삼촌의 충고대로 놈에게서 눈을 피하지 않았다.

*

삼촌은 그로부터 한 달 만에 돌아왔다. 아동일시보호소로 나를 찾아온 그는 집을 나갈 때와 마찬가지로 회색 티셔츠에 슬리퍼를 신고 있었다. 추석 즈음이었으니 찬 바람이 났을 텐데 그는 여전히 땀에 젖어 있었다.

"미안. 급한 일이 생겨서 어쩔 수 없었어."

경찰서를 거쳐 아동일시보호소로 오면서 나는 삼촌이 전화를 받고 사라진 날 우리 부모님이 돌아가셨다는 걸 알게 되었다. 할머니의 장례식장에 오면 안 될 누군가가 찾아왔고, 그 때문에 부모님은 말다툼을 벌였다고 했다. 장례식장 옥상에서 엄마를 무참히 살해한 건 아빠. 아빠를 살해한 건 아빠 자신이라고 했다. 치정에 의한 살인과 자살. 내가 그 말을 해석하기까지는 수년의 시간이 필요했다.

어쨌거나 변함없는 건 이제 고아가 되었다는 사실이었다. 나는 삼촌이 수십 장의 서류에 서명을 한 뒤, 아동일시보호소에서 한 달간 생활하며 내 소유가 된 짐을 챙기는 걸 멀찍이 서서 바라봤다.

"그럼, 나 이제 삼촌이랑 살아야 해?"

삼촌은 대답 없이 나를 번쩍 들어 옆구리에 끼고 아빠 트럭의 조수석에 태웠다.

"삼촌, 내가 물어보잖아. 나 이제 누구랑 사냐고?"

시동을 거는 삼촌에게 불뚝성을 냈다.

"그래, 나랑 살아. 어쩔 수 없잖아? 나 빼곤 아무도 없는 걸."

그 순간, 기다렸다는 듯 가을비가 소면처럼 쏟아졌다.

"그동안 삼촌은 어디 있었는데?"

트럭이 털털거리며 주차장을 벗어났다.

"사업 준비."

"무슨 사업인데?"

"잡화상."

"잡화상이 뭐야?"

"무엇이든 파는 가게. 사람들이 뭘 원할지 모르니 미리 여러 가지를 준비해야 돼. 물건을 사러 다녔어. 뒷마당에 창고를 지을 생각이야."

와이퍼가 빗물을 밀어내자 차창에 삼촌의 얼굴이 비쳤다. 엄마와 형을 잃은 사람치곤 섬뜩할 만큼 태연해 보였다. 나는 다리를 들어 올려 대시보드를 걷어찼다. 부모님을 잃고 혼자가 된 어린 조카만 남겨두고 사라졌던 사내에게 얹혀살아야 한다는 게 불안해 견딜 수가 없었다.

"왜 삼촌만 살아 돌아온 거야? 왜?"

내 고함에 삼촌이 갓길에 차를 멈췄다. 그러고는 두툼한 손을 들어올려, 자신의 뺨을 치기 시작했다.

"다 삼촌 잘못이다."

철썩, 순식간에 뺨이 붉게 달아올랐다.

"진짜 미안하다."

철썩, 미세혈관이 터지며 거미줄 같은 피멍이 올라왔다.

"돌아오는 게 아니었어."

철썩, 눈자위가 충혈되고 입술이 터졌다. 철썩.

대결이라도 하듯 나는 발을 구르고 삼촌은 자신의 뺨을 후려치다 동시에 동작을 멈췄다. 누군가가 조수석 차창을 두드린 탓이었다.

"정지안! 너 왜 학교 안 나왔어? 이사 간 줄 알았잖아."

차창을 두드린 건 같은 학교에 다니는 사진관집 아들 정민이었다. 그 애의 엄마가 골프우산을 들고 곁에 서서 내게 눈인사를 건넸다. 삼촌이 붉게 달아오른 뺨을 가리며 차창을 내렸다.

"정민이가 너 보고 싶다고 편지까지 썼어, 얘."

정민 엄마가 삼촌의 얼굴을 흘깃대며 물었다.

"바빠서…… 삼촌 잡화상이 바빠서 못 나갔어."

아직 시작도 하지 않은 잡화상이 바빴다는 엉뚱한 대답이 튀어나왔다. 하지만 정민이와 그 애의 엄마는 내 말을 믿는 눈치였다.

"거봐, 지안이는 삼촌 일도 열심히 돕는다잖아. 넌 물 한 잔도 엄마가 떠다 줘야 마시는데 말이야. 지안이 정말 기특하네."

정민 엄마가 수다를 떠는 사이, 그녀의 우산에서 흐른 빗물이 내 이마로 떨어졌다. 정민이 제 엄마에게 눈을 흘기며 한 걸음 물러섰다.

"정지안, 내일은 꼭 나와. 알았지? 너 안 나오면 나도 학교 안 간다, 응?"

정민이 내게 손을 흔들었다. 어떤 대답을 했는진 기억나지 않는다. 하지만 이상하게도 흠뻑 젖은 듯한 초가을 공기와 흙냄새는 지금도 또렷하다. 그 애의 팔랑거리는 손과 복숭앗빛 뺨, 다갈색 눈동자, 아치형 앞머리가 눈앞에 보이는 것처럼 선명하다. 철썩, 내 뺨을 후려치고 발을 구르고 싶을 때면 그때의 정민이 떠올랐다.

*

공사는 이튿날부터 시작되었다. 삼촌은 뒷마당도 모자라 집을 감싸고 있던 동산을 깎아내고 창고를 지었다. 굴삭기 기사는 도로도 변변치 않은 산골짝까지 불렀으니 웃돈을 달라고 손을 내밀었다. 삼촌은 두말없이 일당을 곱으로 치렀다.

"삼촌 부자였어?"

내내 백수였던 삼촌의 주머니에서 수십 장의 지폐가 나오는 게 신기했다.

"너보단 부자일걸."

삼촌이 씨익 웃어 보이며 선글라스를 썼다.

"완전 속았다. 나는 삼촌이 가난해서 우리 집에 얹혀산 줄 알았거든."

그도 그럴 것이 우리 집에 삼촌의 살림이라곤 대여섯 벌의 옷과 운동화 두 켤레 그리고 노트북이 전부였다. 실종된 한 달 동안 삼촌은 도박장으로 돌아가 어수룩한 사내들의 주머니를 알겨냈을지도 몰랐다.

"아, 그게 말이지……."

삼촌이 뭔가를 설명하려고 입술을 달싹거렸다.

"아냐, 됐어. 돈이 어디에서 생겼는진 안 궁금해."

내 말에 삼촌이 씽그레 웃으며 트럭에서 접이식 의자를 꺼내 왔다. 그는 나를 반짝 들어 의자에 앉히곤 고무호스를 끌어다 물을 뿌리며 흙먼지를 가라앉혔다.

"돈이 어디서 생겼겠어? 열심히 일했으니까 생겼지."

삼촌이 호빵처럼 부둥한 손으로 내 손을 감싸 쥐고 엄지를 꾹 눌러 수압을 조절했다. 맹세코 삼촌이 일하는 모습을 본 적이 없는 난 자그맣게 콧방귀를 뀌었다.

"삼촌 잡화상은 어디에 있어?"

고무호스에서 쏟아져 나온 물이 구렁이처럼 구불거리며 흙으로 스며들었다.

"인터넷에 있어."

"그럼, 진짜 가게가 아닌 거야?"

"무슨 소리야, 그게 어디에 있든 있으니까 진짜 가게지."

삼촌 밑에서 어른이 되어야 하는 나는 또다시 불안했다. 가게는 없이 창고만 있는 잡화상 주인과 고아라니. 나는 의자에서 일어서서 고무호스를 삼촌에게 넘겼다.

"걱정 마. 네 생각보다 손님은 많을 거야. 삼촌이 다 알아보고 시작한 일이니까 너는 공부나……."

"삼촌 없을 때 아빠가 뭐라 그랬는지 알아?"

내 물음에 삼촌이 순진한 표정으로 고개를 가로저었다.

"진만이도 기술이나 배우지. 그럼 언젠가 더운 나라 마누라라도 생길 텐데."

장사를 해본 적도 없고, 셈이 빠른 것 같지도 않은 삼촌이 도박으로 불린 돈을 인터넷 쇼핑몰에 투자한다고 생각하니 아찔했다. 아빠가 살아 있었다면 무슨 수를 써서든 말릴 일이었다. 하지만 나 혼자선 역부족이었다. 삼촌은 그날 내내 말이 없었다. 마트에서 사온 불고기를 볶아 저녁을 차려주고 입맛이 없는지 밥을 두 그릇만 비웠다. 우린 나란히 안방, 부모님의 침대에 누워 뒤척거렸다. 하지 말아야 할 말을 했다는 생각이 들었다. 삼촌은 어른이고, 내게 하나 남은 가족이니 어떻게든 나를 키워낼 사람이었다.

"삼촌, 잡화상에 인형도 팔 거야?"

나는 능청스럽게 삼촌의 팔을 끌어다 벴다.

"인형, 인형이라……. 그래, 인형도 있지."

머쓱하게 삼촌이 나를 향해 돌아누웠다.

"뽀로로 같은 거?"

"아니. 사람 모양 인형이야."

삼촌이 내 등을 도닥도닥 두드리며 말했다. 그의 가슴에 이마가 닿자, 고른 숨소리가 기분 좋게 몸을 울렸다.

"바비 인형 같은 거겠네? 이름이 뭐야?"

"바비 인형보단 훨씬 커. 나처럼 대머리에 이름은 샘이지."

"대머리 인형을 누가 사?"

수리수리 잠이 몰려왔다.

"다 사는 사람들이 있어. 넌 걱정 마. 아무 걱정 마."

시척지근한 삼촌의 체취와 웅웅거리는 목소리에 취해 잠이 들었다. 어쩌면 자면서도 웃었을지 모른다. 샘이라는 이름의 대머리 인형이라니.

수도검침원

발견

욕조

면도 나이프

과다출혈

삼촌

정진만

자살

정지안

정지안

정지안 씨

전화를 건 경찰은 내가 아무 대답도 하지 않자, 이름을 불렀다.

"유족은 정지안 씨뿐입니다. 신원 확인하러 와주세요. 정지안 씨, 정지안 씨, 들리세요?"

연극동아리에서 준비 중인 공연의 리허설이 있어 집을 막 나서려던 참이었다. 나는 신발장 앞에 선 채, 멀거니 현관문을 바라봤다. 삼촌이 달아준 세 개의 보조키가 아직 새것처럼 빛나고 있었다.

내가 대학에 입학해 서울에서 자취방을 구할 때도 삼촌은 함께였다. 그는 대학가 원룸촌을 마다하고 경비원이 있는 이 아파트를 선택했다. 관리소장은 반려동물 금지와 밤 10시 이후 소음에 주의할 것을 기숙사 사감처럼 또박또박 일렀다. 키 작은 빌라들로 전망이 꽉 막힌 베란다에서 나는 한숨을 내쉬었다. 혀 위에 올리면 달고나 맛이 날 것 같은 알전구를 켜고 친구들을 모아 맥주를 마시며 유행가를 듣고 싶었다. 아이폰을 쓰는 스무 살이었으니까.

"기억해. 좋은 집은 안전한 집이야. 지하철역과 맥도날드가 가까운 편리 따위랑 비교할 수 없는 조건이라고. 물론 여긴 안전해. 아직까진 말이지. 보조키는 절대 복사해선 안 돼. 혹시 잃어버리면 새 보조키를 달아야 하고. 정지안, 내 말 듣고 있니?"

삼촌의 목소리가 여전히 귓가에 맴돌았다.

"정지안 씨!"

경찰의 목소리에 짜증이 배어났다.

"네, 들었습니다. 갈게요."

전화를 끊은 나는 운동화 한 짝만 신은 채 쪼그려 앉았다. 벌거벗은 거구의 사내가 붉게 물든 욕조에 담긴 모습을 상상했다. 그 자리에 누워 있어야 할 건 삼촌이 아니라 검은 개여야 했다. 검은 개를 죽인 삼촌은 여느 저녁처럼 피자를 데워 먹으며 내게 전화를 걸어, 비타민 D3와 마그네슘을 같이 먹는 게 좋은지 따위를 물어야 했다. 하지만 경찰의 말대로 삼촌의 죽음을 확인하고 장례를 치를 사람은 나뿐이었다. 주저앉아 울고만 있을 순 없었다. 남은 운동화를 꿰어 신어야 했다.

시외버스터미널로 마중 나온 경찰은 말끔하게 제복을 차려입은 청년이었다. 그가 명함을 건네며 인사했다.

"운이 좋았어요. 욕실에서 나온 오수가 도랑으로 흘러서 수도검침원 눈에 띄었으니까요. 그렇지 않았으면 워낙 외딴집이라 발견하기 힘들었겠죠."

경찰이 뒷좌석 문을 열며 말했다.

"운이 좋단 말은 이럴 때 쓰는 게 아니죠."

그의 말이 꼭 틀린 건 아니었다. 하지만 진짜 운이 좋았다면 나는 지금 경찰차가 아닌 삼촌의 트럭에 앉아 있어야 했다. 머쓱해진 경찰은 운전하는 내내 말이 없었다. 그는 시내 종합병원 안치실로 나를 데려갔다.

"여기서 잠시 기다리세요."

안치실 밖 의자를 가리키며 말했다. 경찰은 병원 직원에게 신분증을 보여주고 서류에 서명을 했다. 이윽고 보라색 가운을 입은 직원이 안치실로 들어갔다.

저곳에 몇 사람이나 누워 있는지 궁금했다. 삼촌은 나와 함께 있을 때를 제외하곤 늘 혼자였다. 그렇다고 외로워 보이진 않았다. 지나칠 정도로 항상 타인을 경계하고 불신하다 보니, 혼자 해결해야 할 일들이 하나둘 늘어갔다. 배관과 전기공사, 자동차 정비 기술에 능했고, 용접기와 전기톱도 다루게 되었다. 그리고 대문과 담벼락에 큼지막한 접근 금지 팻말을 내걸기까지 했다. 내가 대학에 진학할 무렵엔 조경에 취미가 생겨 앞마당에 잔디를 심었다. 벽돌을 사다 담벼락을 높이 쌓고, 제법 근사한 철문까지 해 달았다. 모든 작업을 인부 없이 혼자서 했지만 봐줄 만한 솜씨였다. 그런 삼촌이라면 다른 사람과 나란히 누워 있기 고역스러울 터였다.

"들어오세요."

안치실 문이 열렸다. 직원이 일회용 가운과 마스크를 가져다주었다. 가운과 마스크를 걸치고 직원의 뒤를 따라 안치실로 들어갔다. 안치실 중앙에 있는 침대 위에 홑커버로 덮어놓은 거구가 눈에 들어왔다. 커버가 흘러내려 드러난 발만 보아도 삼촌이란 걸 알 수 있었다. 체모가 짙은 발등과 유난히 큰 엄지발가락 그리고 살이 쪄 거의 보이지 않는 복사뼈도 삼촌의 일부였다. 그때 낯선 문양이 눈길을 끌었다. 레터링 타투였다. 야트막한 복사뼈 아래, 웃는 입술처럼 라운드 모양으로 디자인된 'Murthe'라는 단어. 무슨 의미인지, 언제부터 거기 있었는지 좀처럼 짐작되지 않았다.

"고인 확인해주세요."

직원이 타투에 정신이 팔린 나를 불렀다. 그는 홑커버를 가슴께까지 내리고 한 걸음 물러섰다. 나는 찬찬히 죽은 남자를 뜯어보았다. 깨끗하게 벗어진 대머리, 덤불처럼 우거진 수염과 눈썹, 쪽박귀, 눈물처럼 맺힌 수두 자국이 삼촌임을 증명했다. 늘 불그레했던 뺨과 땀이 흐르던 목덜미가 창백하고 건조해 보였다.

삼촌의 시신을 물끄러미 바라보며 나는 열네 살 어느 겨울 아침을 떠올렸다. 연이틀 쏟아진 폭설 탓에 정강이까지 눈이 쌓인 때였다. 삼촌은 삽으로 눈을 치워 집과 창고 사이에 샛길을 만들었다. 나는 전기포트에 물을 담고 핫초코 파우더와 마시멜로를 식탁에 올렸다. 물이 끓길 기다리며 문득 바깥마당으로 난 창문을 쳐다보았다. 성에 낀 창문 너머 알몸에 비쩍 마른 사내와 눈이 마주쳤다. 그는 앙상한 손으로 손톱을 붉게 칠한 여자의 손을 들고 있었다. 가늘고 흰 손가락에는 반지가 끼어 있었고, 정교하게 잘린 손목 부근엔 희고 둥그스름한 뼈가 드러나 있었다. 털이 쭈뼛 서고 심장이 요동쳤다. 뒷마당으로 뚫린 부엌 창문을 열고 삼촌을 불렀다. 그때까지만 해도 꿈이려니 싶었다. 담요로 몸을 꽁꽁 말고 늦잠에 빠져 누군가 깨워주길 기다리며 꾸는 악몽 같은 것. 힘껏 잠꼬대로 삼촌을 불렀으니, 이제 곧 그가 차가운 물 한 잔을 들고 와 나를 일으켜 앉힐 거라 믿었다. 하지만 삼촌의 표정은 심각했다. 그는 봉분처럼 쌓아놓은 눈에 꽂아둔 삽을 빼들었다. 뽀드득뽀드득 눈 밟히는 소리가 뒷마당에서 앞마당으로 이동했다. 나는 벌거벗은 사내를 다시 보고 싶지 않아 식탁 밑으로 들어가 눈을 감았다. 곧 고함이나 욕설이 쏟아질 것이라고 생각했지만, 바깥은 조용했다. 10분, 20분, 어쩌면 30분은 훌쩍 넘었을지도 몰랐다. 삼촌이 현관문을 열고 들어와 눈에 젖은 양말을 벗었다.

"싸이코 변태는 어떻게 됐어?"

삼촌의 태연한 얼굴을 보며 물었다.

"갔어, 다시는 이런 일 없을 거야."

"그 새끼 여자 손을 들고 있었어. 절대 마네킹 같은 게 아니었어. 삼촌은 못 본 거야?"

나는 팔딱거리는 가슴을 손바닥으로 누르며 악을 썼다. 두들겨 패서 묶어놓고 경찰을 불러야 마땅한 일이라고 생각했다.

"사실은 내 단골 고객이야. 게다가 유명한 연극연출가이기도 해. 신원도 확실하고 사고 칠 사람은 아니야. 눈 때문에 며칠째 택배를 묵혔더니 화가 나서 찾아온 거지. 손은……."

삼촌이 오리털 파카 호주머니에 손을 넣어 쑤석거렸다.

"혹시, 그 손 삼촌 주머니 안에 있는 거야?"

내 질문에 삼촌이 소년처럼 순진한 눈으로 고개를 끄덕였다.

"우리 쇼핑몰에서 파는 가짜 손이야. 아까 그 사람은 손을 모으는 취미가 있어. 플라스틱 인형 손부터 라텍스나 실리콘으로 만든 진짜 같은 손까지 다양하지. 오늘은 지난번 주문한 손이 불량이라 교환하러 온 거야."

삼촌은 다시 창고로 돌아가야겠다며 새 양말을 신었다.

"그 손, 정말 사람 손 같았단 말이야. 핏기 없이 창백하고 뻣뻣해 보였어. 나 손목 뼈까지 봤어, 그런 걸 쇼핑몰에서 판다고?"

"너 죽은 사람 본 적 없지?"

삼촌이 회색 양말을 발목으로 끌어올리며 물었다.

"당연하잖아!"

"사람은 죽으면 살면서 부딪치고 다쳐서 멍들었던 상처가 순식간에 올라와. 그래서 울긋불긋하고 시커멓게 변하지. 영화처럼 새하얗고 창백한 시체는 없어. 그러니까 이 손은 가짜야."

그때 삼촌의 표정은 자못 심각했다.

심각한 표정 그대로 삼촌은 시신이 되어 내 앞에 누워 있었다. 그리고 7년 전 그의 말과 달리 피부는 창호지처럼 창백했다.

*

장례식을 준비하려면 영정사진이 필요했다. 내 졸업식과 입학식 때도 삼촌과 찍은 사진은 없었다. 경찰이 돌려준 삼촌의 신분증은 너무 낡아 사진이 다 번져 있었다. 삼촌이라고 믿는 사람의 눈에만 삼촌으로 보이는 사진을 영정으로 쓸 수는 없었다. 다른 사진을 찾으려면 집으로 가야 했다. 고향 집으로 향하는 택시 안에서 나는 피가 낭자할 욕실을 어떻게 처리해야 할지 골몰했다. 자살이나 고독사 현장만 전문으로 청소하는 업체가 있다는 얘기를 들은 적이 있었다. 하지만 삼촌은 단 한 번도 남의 손을 빌려 나를 키우지 않았다. 물론 먹이고 입히는 게 전부이긴 했다. 그는 매일 세탁기와 청소기를 돌렸다. 매주 2만 원의 용돈을 쥐여주고 마트에서 산 반찬으로 저녁을 차려냈다. 현장학습을 떠날 땐, 늘 터질 것처럼 속을 꽉 채운 유부초밥을 싸주곤 했다. 그런 삼촌과의 이별을 무성의하게 마무리하긴 싫었다.

시내에서 뻗어 나온 큰길이 끝났다. 나는 택시 기사에게 고불고불한 동산 사잇길로 쭉 들어가 벽돌담 집 앞에서 내려달라고 부탁했다.

"아가씨, 진만이 조카였구나?"

택시 기사가 어금니에 씌운 크라운을 드러내며 웃었다.

"우리 삼촌을 아세요?"

삼촌을 아는 사람이 수시로 드나들던 우체국 직원 외에 더 있다는 사실이 놀라웠다. 내가 아는 한 삼촌은 우체국과 마트에 가는 걸 제외하곤 늘 집이나 창고에 있던 사람이었다.

"알지. 진만이랑 초중 동창인걸. 우리 마누라가 큰 사거리 우체국 앞에서 뚝배기추탕집을 하거든. 알지? 간판에 아줌마 사진 딱 박아놓은 집 말이야. 진만이가 가게 단골이야. 이놈아가 꼭 일주일에 두세 번은 와서 먹고 갔는데, 요즘 뜸하네."

택시 기사는 솜씨 좋게 좁고 커브 많은 도로를 운전해나갔다.

"그게…… 우리 삼촌 돌아가셨어요."

친구라면 마땅히 부음을 전해야 했다. 나는 룸미러에서 시선을 떼어 창밖을 내다봤다.

"아니 어쩌다? 나 원 기가 막히네. 걔가 비만이라 그렇지 엄청 건강했어. 난 진즉에 혈압약 먹고 당뇨약 먹는데 갠 까딱없댔거든? 그래서 온 거야?"

"네, 모레 아침에 발인이에요. 메디원 장례식장."

멀리 고향집 담벼락이 보였다. 가방에서 지갑과 열쇠 꾸러미를 꺼냈다.

"그래, 꼭 병으로 죽으란 법은 없지. 진만이는 어려서부터 어처구니없을 정도로 무모할 때가 있었거든. 맨손으로 뜨거운 라면 냄비도 잡고, 교실에 들어온 살모사도 집어던지고. 여태 살아온 게 용한 건지도 모르겠어."

택시 기사가 집 앞에 차를 대고 내 쪽으로 고개를 돌렸다. 그는 삼촌과 동창이라고 했지만 열 살은 더 늙어 보였다. 노안이었던 삼촌은 결국 동안으로 죽었구나, 싶었다. 나는 택시 기사에게 수인사를 하고 차에서 내렸다.

"소식 들으면 문상 올 놈들 있을 거야. 중학교 때 진만이한테 신세 진 애들이 꽤 있어. 내가 연락 돌려서 끌고 갈게."

"어떤 신세였는데요?"

내가 모르는 삼촌의 과거가 궁금했다. 택시 기사인 삼촌 친구가 운전석을 열고 나와 담배를 꺼내 물었다.

"덩치는 씨름 선수지, 머리는 벗겨졌지, 깡은 또 얼마나 좋았다고. 지금 시내 이디야커피 자리가 예전엔 노름꾼들 섯다 하우스였거든. 그 앞에는 노름판 심부름해주고 망봐주는 양아치 깡패 새끼들이 끓었지. 거길 지나가면 꼭 집적대는 놈들이 있었어. 몇 대 쥐어박아 돈도 뜯고 운동화도 빼앗아가고."

그나마 삼촌과 함께 다니면 깡패와 양아치들의 시비가 덜했다고 했다.

"근데 하우스 쩐주가 진만이 덩치를 보고 스카우트를 제안한 거지. 학교는 다녀서 뭐 하냐, 어차피 똥통 고등학교 들어가서 공돌이 될걸. 내일부터 학교 가지 말고 가게로 오너라, 뭐 그런 소릴 한 거야."

삼촌 친구가 담배 연기를 길게 뿜으며 픽, 웃었다.

"그때부터 삼촌이 거기 드나들며 노름을 배운 거예요?"

내 질문에 삼촌 친구는 고개를 가로저었다.

"네 삼촌은 그런 쩨쩨한 놈이 아니었어. 섯다 하우스를 통째로 집어삼킬 계획을 세웠거든. 그때 우리 학교에 섯다 하우스에서 가산 탕진한 집들이 꽤 있었어. 그래서 아빠들이 목매달아 죽고 연탄불 피워 죽고 시끌시끌했지. 진만이는 주말마다 서울로 나가 큰판에서 기술을 배워왔어."

삼촌은 나이키 더플백에 현금을 채워 섯다 하우스로 향했단다. 그는 도장깨기 하듯, 건물 안 여덟 개의 노름방을 하나하나씩 제패해나갔다. 소년에게 패배한 노름꾼들이 분통을 터뜨리며 떠나고, 깔아놓은 빚을 받아낼 길이 묘연해진 쩐주는 살기등등한 눈으로 건물 셔터를 내렸다.

"여러 놈 만신창이 만들고 멀쩡히 살아 나왔어. 하는 짓이 구린 놈들이라 신고도 못 했을 거야. 섯다 하우스 없어지면서 동네가 조용해졌지. 도박빚 물린 사람들도 한시름 놨고, 양아치들한테 시달리던 우리도 살판났고."

삼촌 친구가 신발 바닥으로 담배를 비벼 끄고 운전석으로 돌아갔다.

"네 삼촌은 나한텐 은인이야. 우리 아버지가 노름꾼이었거든. 그 양반 돌아가시고 섯다 하우스에서 받으러 온

빚이 5만 원 빠지는 3천이었어, 씨발. 3천 원이 아니고 3천만 원. 원금이 꼴랑 2백이었는데 말이야."

택시가 흐느끼듯 쿨렁거리며 온 길을 되돌아 나갔다.

진짜 같은 가짜 손을 파는 삼촌, 전설의 타짜였던 삼촌, 뜨거운 추탕을 훌훌 불어 삼키는 삼촌, 주먹처럼 커다란 유부초밥을 만드는 삼촌, 영안실에 누워 있는 삼촌. 그 모든 삼촌이 각자 다른 사람처럼 느껴졌다.

"정지안? 너 왜 거기 그러고 있어?"

근방에 인가라곤 찾아볼 수 없는 마을 꼭대기 집에서 누군가 내 이름을 불렀다. 낮고 다정해서 낯선 목소리였다.

"누구세요?"

목소리가 들리는 쪽을 향해 고개를 돌렸다. 철문 앞에 키 큰 청년이 서 있었다. 샘소나이트 노트북 백팩에 체크무늬 셔츠, 먹색 반바지 차림이었다.

"기억 못 하는구나. 나 배정민이야. 초등학교 1학년까진 같이 다녔는데."

나는 아, 하고 입을 벌리고 눈을 동그랗게 떴다. 내 기억 속 정민이는 나보다 키가 작고 단발에 가깝게 머리가 길어 언뜻 여자아이처럼 보이는 소년이었다.

"사진관집 정민이구나. 몰라봐서 미안해."

정민이는 학교에 잘 적응하지 못했다. 자주 아팠고, 수줍음이 많아 남자아이들에게 따돌림을 당했다. 그 탓에 전학을 가 어머니의 흰색 소나타를 타고 도시에서 초중고를 다녔다. 그래도 나는 꾸준히 그 애 아버지 사진관에서 증명사진을 찍어 학생증을 만들곤 했다. 이따금 길에서 마주친 정민은 휴대폰을 들여다보느라 정신이 없었다.

"못 알아볼 만해. 고2 여름방학에 17센티가 커버렸거든. 그보다 진만이 삼촌 일은 유감이야……."

정민이 손을 뻗어 내 어깨를 가볍게 짚었다.

"넌 어떻게 알았어? 우리 삼촌 소식."

나도 오늘 아침에야 삼촌의 비보를 들었는데, 정민은 어떻게 이 소식을 알게 된 걸까.

"학교 휴학하고 진만이 삼촌 쇼핑몰에서 알바를 했어. 경찰이 그러는데 최근에 가장 자주 통화한 사람이 나였대."

정민의 눈초리와 코끝이 발그스름하게 달아올랐다.

"신기하다. 내가 아는 삼촌은 창고와 집, 우체국만 오가는 히키코모리였는데 생각보다 많은 사람과 엮여 있었어. 게다가 모두 삼촌을 좋은 사람으로 기억하고 있고. 꼭 꿈을 꾸는 거 같아."

내 말에 정민이 씁쓰레 미소를 지어 보이곤 마른세수를 했다.

“너 올 거 같아서 기다렸어. 영정사진 필요하지? 아버지 사진관에서 확대해줄게.”

정민은 변한 게 없었다. 키만 커버렸지 어린 시절 나를 바라보던 크고 밝은 갈색의 눈동자와 웃을 때 한쪽 뺨에만 패는 보조개, 작고 날렵한 입술까지 그대로였다.

“경찰 아저씨들 고생 많았겠다. 담 넘느라.”

내 말에 정민이 담벼락 쪽을 돌아보았다. 스테인리스 사다리가 놓여 있었다. 그들도 고민했을 터였다. 신고가 들어왔으니 방문은 해야겠는데, 열쇠가 주렁주렁 달린 대문을 강제로 열 수 있는 전문가가 시골엔 없었을 테니까. 3미터가 넘는 담벼락 앞에 사다리를 놓으며, 누군가는 말했을지 모른다. 이렇게 기를 쓰고 들어가보면 꼭 취해서 곯아떨어져 있지, 제길.

나는 가방에서 한 다발의 열쇠 꾸러미를 꺼냈다. 삼촌 집 대문을 열려면 그중 세 개가 필요했다. 그러고 문득 깨달았다. 경찰과 구급대원들이 이 문을 통해 삼촌을 들것에 싣고 나왔으리라는걸. 자동으로 잠기는 도어록만 열면 되었다. 열쇠를 다시 가방에 던져 넣고 정맥 인식 패널에 손바닥을 들이댔다. 그제야 짧은 신호음과 함께 대문이 열렸다.

“삼촌 쇼핑몰에선 무슨 알바를 했던 거야?”

"모바일 버전 쇼핑몰 제작. 나 컴퓨터공학 전공이거든."

짧게 자른 잔디에서 진한 풀냄새가 풍겨났다. 담벼락 아래엔 수레국화가 군락을 이뤘고, 어린 사철나무와 향나무 묘목이 뜨문뜨문 자라고 있었다. 자살을 결심한 남자가 정원을 가꾼다는 건 부자연스러웠다.

"최근에 우리 삼촌한테 이상한 점 못 느꼈어?"

현관문을 열며 정민에게 물었다.

"전혀. 삼촌은 그런 선택을 할 분이 아니라곤 생각했어."

정민의 단호한 대답과 함께 달칵, 현관문이 열렸다. 삼촌의 체취가 나를 끌어안듯 몸에 감겼다. 뒤축을 꺾어 신은 낡은 운동화 한 켤레가 눈에 들어왔다. 벽에 걸린 트럭 열쇠, 삼촌이 낮잠을 청하던 빨간 소파, 어딘가 늘 피자 소스가 묻어 있던 식탁을 눈으로 더듬었다. 집 안을 꽉 채우고 있는 물건 중 본래 삼촌의 것이었던 건 없었다. 그는 언제든 마음만 먹으면 더플백을 짊어지고 떠날 수 있었을 텐데, 여기 남았다. 삼촌은 면도날이 아니라 더플백을 들었어야 했다.

"그런데 그런 선택을 하고 말았네."

나는 가방을 내려놓고 집 안을 뒤졌다. 거실장과 TV 진열대 서랍을 열어 내용물을 손끝으로 더듬었다. 오래된 통장, 반쯤 쓰고 남은 안연고, 길이가 다른 여러 종류의 충

전 케이블. 그리고 새것인지 다 쓴 것인지 알 수 없는 건전지 틈에서 나이키 로고가 박힌 파란색 천 지갑을 찾아냈다. 지갑을 열자 2달러짜리 지폐 한 장과 학생증이 들어 있었다. 한신북중학교 3학년 1반 17번 정진만. 흠집 하나 없이 깨끗한 학생증 속 삼촌의 증명사진은 놀라우리만치 지금과 비슷했다. 새치와 머리숱을 제외한다면, 지금 삼촌이 교복을 입었다 해도 믿을 지경이었다.

"쓸 만한 사진 찾았어?"

안방을 뒤지고 나온 정민이 내 어깨 위로 고개를 들이밀었다.

"이걸로도 될 거 같지?"

나는 정민에게 삼촌의 학생증을 보여주었다.

"아, 잘 찾았네. 어쩜 이렇게 지금이랑 똑같을 수 있을까?"

정민이 감탄하며 사진을 바투 들여다봤다.

"삼촌은 여러모로 한결같은 사람이니까. 이제 사진관으로 가자."

나는 삼촌의 학생증을 가방에 챙겨 넣고 일어섰다. 정민이 양손을 바지주머니에 꽂아 넣으며 빙긋 웃었다.

"난 이따 장례식장으로 갈게. 아빠한테 전화해놓을 테니까 사진관 들르면 바로 인화해주실 거야."

정민이 백팩을 열어 마스크와 고무장갑을 꺼냈다.

"넌 여기서 뭐 하게?"

"누군가는 욕실을 청소해야 하잖아. 그게 네가 된다는 건 너무 가혹한 일이라고 생각해."

거절하고 싶었지만, 입이 떨어지지 않았다. 정민이 어서 가라는 듯, 손을 휘휘 저어 보이고는 욕실로 향했다.

정원으로 푸르스름한 어둠이 깃들었다. 걸어야 할 길도, 지새야 할 밤도 긴 날이었다.

*

자정이 다 되어서야 장례식장으로 조문객 여덟 명이 찾아왔다. 그들을 몰고 온 건 나를 집까지 태워다준 택시 기사였다. 그는 '최상용'이라 적은 흰 봉투를 내밀었다.

"넌 조문객 맞아야 하니까 부조금은 내가 받을게. 손님하고 맞절 한 번 하는 거 알지?"

상용 아저씨의 말에 고개를 끄덕이고 조문객을 맞이했다. 정수리가 하얗게 센 남자와 립스틱이 입술 테두리에만 남은 여자가 분향을 하고 절을 했다.

"진석이 오빠 딸이 너구나. 아빠 많이 닮았네. 세상에나 가엾어라."

맞절을 하고 난 여자가 나를 끌어안고 등을 두들겼다.

"진만이 조문 와서 왜 진석이 형 타령을 하고 앉았냐, 넌."

머리 센 남자가 여자에게 핀잔을 주고 빈 상으로 향했다. 중국 동포 말씨의 직원이 밑반찬과 떡, 마른안주를 담은 쟁반을 들고 종종걸음으로 다가갔다. 추탕집 간판 사진으로만 봐왔던 상용 아저씨의 부인과 이미 얼근하게 취해 네발로 기다시피 조문을 온 사내도 맞이했다. 마지막으로 빈소를 찾은 남자는 디자인이 심플한 슈트에 선글라스를 쓰고 절 대신 헌화를 한 뒤 밥도 먹지 않고 조용히 돌아갔다.

"저 자식은 누구길래 장례식장 오면서 선글라스를 쓰고 지랄이야."

상용 아저씨는 남자를 흘겨보곤 자신의 아내 곁에 앉아 술잔부터 들었다.

사람들이 늘어놓는 이야기들이 파편처럼 귀에 박혔다. 선도부장에게 하키스틱으로 80대를 맞고도 멀쩡했던 삼촌, 서울에서 산 맥도날드 햄버거 마흔여덟 개를 산타처럼 짊어지고 교실에 나타났던 삼촌, 뇌염 예방주사가 무서워 학교 담을 넘어 도망간 삼촌, 종이학을 잘 접는 삼촌, 강수지를 좋아했던 삼촌, 학교 토끼 사육장을 담당했던 삼촌. 나는 그들 곁에서 무릎을 모으고 앉아 소년 정진만의 영정사진을 바라보았다.

"애, 넌 왜 울지를 않니? 삼촌이랑 사이가 별로였어?"

상용 아저씨가 소주와 맥주를 섞어 한입에 털어 넣은 뒤 물었다. 조문객들의 시선이 일순 내게로 향했다.

"그러네. 혈육이라곤 진만이밖에 없잖아."

그의 아내가 진미채를 질겅이며 거들었다.

"괘씸……하잖아요."

그들의 표정은 보지 않아도 알 수 있었다. 노총각이 애면글면 돈을 벌어 먹이고 입혀 키워낸 조카가 말간 얼굴로 괘씸이란 단어를 혀 위에 올렸으니 어련할까 싶었다. 하지만 삼촌이 괘씸한 건 사실이었다. 내게 한마디 예고도 없이 자기 멋대로 죽어버린 그가 좀처럼 용서되지 않았다. 남들에겐 정의롭게 인심 좋은 친구였을지 몰라도, 내게 그는 무책임하고 의리 없는 아버지의 형제로 기억될 것이었다.

"육개장이 싱겁다. 소주는 미지근하고. 음식은 여기보다 길 건너 다사랑요양병원이 낫네."

정수리 휜 남자가 흰소리를 했다.

"너 죽으면 그리로 가라."

술에 잔뜩 취한 남자가 졸다 말고 킥킥 웃었다.

조문객은 그날도, 그 이튿날도 찾아오지 않았다.

발인 날 아침, 정민이 찾아왔다. 그는 마다하는데도 꾸역꾸역 내게 전복죽을 먹였다.

“혼자 힘들었지?”

고역스러웠을 욕실 청소를 맡긴 게 내내 마음에 걸렸다.

“생각보단 수월했어. 청소하다 욕실장 안에서 발견했는데, 삼촌 거 맞지?”

정민이 백팩에서 2G 폴더폰을 꺼냈다. 나는 전복죽을 물리고, 휴대폰을 건네받았다. 생각보다 새것처럼 외견이 깨끗했다.

“기종은 모르지만 맞는 거 같아. 스마트폰은 공짜로 줘도 싫다고 했어. 집에 인터넷 잘 터지는데 무슨 필요냐고.”

이 작은 휴대폰을 쓰던 삼촌과 통화를 하다 보면 때때로 말소리가 멀어지곤 했다. 얼굴에 비해 턱없이 작은 휴대폰 탓이었다. 삼촌은 귀에 붙이면 입에서 멀어지고 입에 붙이면 귀에서 멀어지는 휴대폰을 참 오랫동안 썼다.

“발인합니다. 상주께선 짐 챙겨서 1층 주차장으로 내려오세요.”

장례지도사가 우리를 향해 손짓했다. 챙길 짐도 없었다. 나는 장례식장에 딸린 작은 방에서 부조금이 든 가방을 들고 나왔다. 그리고 삼촌의 휴대폰을 집어넣으려는 찰나,

손 안에서 진동이 느껴졌다.

"삼촌 폰으로 문자 온 거 같아. 확인하고 나갈게."

나는 엄지손톱으로 폴더를 들어 올렸다. 편지봉투 모양 버튼을 누르고 미확인 메시지를 확인했다.

'무명씨님으로부터 3,000,000원이 입금되었습니다. 잔액은 792,014,420원입니다.'

"무명씨란 사람한테서 3백만 원이 입금됐다는데, 삼촌 통장 잔액이 8천만 원이나 돼. 피싱인가 봐."

정민에게 문자를 보여주었다. 삼촌에게 8천만 원이라는 거금이 있을 리 없었다. 검색해도 나오지 않는 온라인 잡화상으로는 내 월세와 학비도 빠듯하게 댈 수 있었으리라.

"다시 봐. 8천이 아니라 8억이잖아."

정민이 숫자를 세느라 한참이나 턱을 끄덕인 뒤 탄성을 질렀다.

"피싱일 거야. 그런 돈이 있었으면 진즉 차 바꾸고 집 바꿨겠지. 가자."

"보이스피싱이라면 모를까, 이건 진짜야. 2G폰이잖아. 문자 피싱 같은 게 아니라고."

정민의 말과 동시에 휴대폰이 다시 진동했다. 새로운 메시지가 도착해 있었다.

'입금했어요. 주문서는 사이트에 입력해놨으니 꼭 오늘

중으로 부쳐요.'

발신자는 0351이었다.

"쇼핑몰 회원인가. 근데 전화번호가 왜 뒷자리만 나온 거지?"

사정을 설명하고 환불을 해야 할 텐데, 당장 회원의 온전한 전화번호를 찾을 수 없었다.

"상대도 2G폰일 거야. 발신번호를 바꿨겠지. 어쩌면 주문번호나 ID인지도 몰라. 집에 가서 관리자 페이지 들어가보자."

정민의 말은 설득력이 있었다. 번호를 굳이 숨기고 싶어 하는 사람. 문득 가짜 손을 모으는 남자가 떠올랐다. 그 사람일까? 가짜 손에 미친 사내라면 거금을 지불할 만도 했다. 상대하고 싶지 않은 사람이지만, 환불을 해주려면 어쩔 수 없었다.

삼촌은 시 경계에 있는 화장장에서 화장되었다. 나는 나무상자에서 유골함을 꺼냈다. 백자에 옮겨진 그의 유골은 손을 데지 않을 정도로만 뜨거웠다. 괘씸하다는 마음은 여전했다. 삼촌이 자살을 결심한 명백한 이유를 찾기 전까지 내 노여움은 풀리지 않을 거였다. 화장장을 나와 주차장으로 향했다. 장례 리무진 기사가 화단에 걸터앉아 담배를 피우고 있었다. 대머리에 비만한 체구의 중년이었다. 불그스름한 피부와 동그란 눈, 담배 연기를 내뿜는 기사의 작은 입술이 삼촌과 닮았다.

"기사님, 여기 금연구역이잖아요."

퉁명스러운 말이 터져 나왔다.

"다들 여기서 피우길래……. 미안해요, 미안해."

기사는 불쾌하다는 표정을 거두며 바닥에 담배를 비벼 껐다. 리무진으로 달려가는 그의 뒤를 따랐다.

"유골은 어디 모실 거야?"

내내 말이 없던 정민이 물었다.

"일단 삼촌이 제일 좋아하는 곳에 하룻밤 놔두려고. 그 다음은 내일 생각할래."

"거기가 어딘데?"

"작업실. 창고에 딸린 방을 삼촌은 작업실이라고 불렀어. 밥 먹을 때 빼곤 늘 거기 있었거든."

창고엔 문이 두 개였다. 하나는 삼촌의 작업실로 향하는 문이었고, 또 하나는 창고 내부로 향하는 문이었다. 이따금 간식을 들고 삼촌의 작업실에 가면, 마우스를 움직이던 분주한 손을 둥글게 말아 내게 향했다. 그럼 나 역시 주먹을 둥글게 말아 삼촌과 부딪친 뒤 왼쪽 가슴을 가볍게 세 번 콩콩콩, 두드렸다. 그러고는 동시에 피식 웃으며 핫도그나 피자 따위를 나눠 먹곤 했다. 작업실은 우리 집에서 삼촌이 유일하게 자신을 위해 꾸민 공간이었다. 당연히 그리로 가야 했다.

집으로 돌아가는 길, 나도 정민도 혼곤히 잠에 빠졌다. 도착했다는 기사의 말에 눈을 떴을 땐 유골함이 딱 사람 체온만큼 식었을 즈음이었다. 정민이 내 가방을 들고 차 문을 열어주었다. 기사는 운전석에서 내려 지나치게 정중하다 싶을 만큼 인사를 하고 떠났다.

"정민아, 관리자 페이지 네가 확인해줄 수 있지? 구매자 연락처 알려줘. 난 라면 끓일게. 점심 먹자."

이제 일상으로 돌아갈 시간이었다. 사망신고를 하고 삼촌의 유품을 태우고, 예금과 보험을 찾아내 상속 절차를 거쳐야 했다. 다음 주면 종강이니 서두르지 않기로 마음먹었다. 나는 내 방으로 들어가 땀내 나는 상복을 벗었다. 옷장에서 티셔츠와 청바지를 꺼내 입었다. 샤워가 간절했지만 아직 욕실을 열어볼 용기가 나지 않았다. 유골함을 침대 옆 협탁에 내려놓고 말 잘 듣는 아이의 머리를 쓰다듬듯 손바닥으로 쓸었다.

정민은 노트북을 꺼내 부팅 중이었다. 나는 정수기에서 찬물을 따라 정민이 앉은 식탁에 내려놓았다.

"학교는 어쩌다 휴학했어?"

싱크대 수납장을 열며 내가 물었다. 차곡차곡 빈틈없이 쌓아놓은 라면과 참치 캔, 스팸이 보였다.

"기숙사 룸메 때문에."

정민이 자판을 두드리던 손을 멈췄다.

"왜? 어떤 애였는데?"

정민이 손으로 턱을 괴고 수납장에서 라면을 꺼내는 나를 바라보았다. 어느새 밀고 올라온 수염이 파르스름했다.

"완전체? 아니면 소시오패스였던 거 같아."

"뭔지 알겠다. 남의 물건 마음대로 가져다 쓰고, 자기 하고 싶은 소리만 하는 애들이 꼭 있지."

에브리타임에 종종 보이는 피해 사례 글이 떠올랐다.

"그 정도였으면 계속 다녔을 거야. 내 룸메는 상상 이상이었어. 같이 방 쓰는 3학년 4학년 선배들도 혀를 내두를 정도였지. 무슨 말을 해도 안 통하니까 나도 대놓고 무시하긴 했어. 빈정거리고 못 들은 척하고 똑같이 받아치고."

정민이 쓴 입맛을 다셨다. 나는 물이 든 냄비를 가스레인지에 올렸다.

"결정적인 사건이 있었구나?"

"응. 축제 때였는데 동기들하고 한잔하고 기숙사 통금시간에 아슬아슬하게 들어온 날이 있었거든. 1층에서 다른 룸메 형들을 만나서 같이 올라갔어. 다들 얼른 씻고 자야겠다고 얘기하면서 문손잡이를 돌리는데 손이 미끄덩 한 거야. 누가 기름을 발라놨더라고. 완전체 녀석이 한 짓이었지. 그땐 욕도 안 나오더라."

정민이 냉수를 들이켜고는 자신의 손바닥을 물끄러미 바라보았다.

"못 들어오게 하려면 문을 잠그지 왜 기름을 바른 걸까?"

"녀석은 그 정도로 단순하지 않았어. 형들은 관리실에 전화를 하고, 난 손에 기름이 묻었으니 바로 욕실로 갔지. 세면대에 물을 틀고 비누를 손바닥 안에서 굴리는데 물이 시뻘겋게 변하는 거야. 누가 비누 안에 면도날을 박아놨더라고."

"그 완전체 짓이었던 거야?"

라면 봉지를 뜯는 내 손등에 소름이 올랐다.

"그 녀석은 끝까지 아니라고 우겼어. 증거가 없으니 더 추궁하거나 처벌할 수도 없었고. 문제는 내가 그 무렵 B형간염에 걸렸단 거지. 입대 신검 받고 알았어."

"그럼 그 면도날에 간염 보균자 피가 묻어 있었단 거네."

"그 사건 다음 날부터 완전체 녀석은 손끝에 반창고를 붙이고 다녔어. 학교 측에 간염 환자 확인을 요청했지만 개인정보라서 거부됐고. 어차피 입대도 얼마 안 남아서 휴학을 했지. 그런데 궁금한 게 있었어."

"뭐가 궁금했는데?"

"왜 기름이었을까? 사실 본드 같은 게 훨씬 강력할 텐데 어째서 씻어버리면 그만인 기름을 선택했는지 궁금했거든. 그래서 퇴실하는 날 놈에게 물었지. 왜 하필 기름이었냐고. 절대 자기가 안 했다고 잡아떼던 놈이 씨익 웃으며 대답하더라. 사러 가기 귀찮잖아, 새끼야."

냄비에 든 라면 물이 펄펄 끓었다. 뜨끈한 열기가 얼굴로 끼쳐 땀처럼 맺혔다. 섬뜩한 이야기를 하는 동안 정민의 이마에도 식은땀이 흘렀다.

"우리 삼촌은 이럴 때 뭐라 그러는지 알아?"

나는 냄비에 라면을 넣고 정민을 바라보았다.

"뭐라고 하셨는데?"

"잘 들어, 정지안. 누가 네게 해코지를 하면 딱 세 번만 허공에 그놈 이름을 외치는 거야. 고향이나 주소를 알면 더 좋겠지. 그치만 신은 전지전능하니까 이름 석 자만으로도 충분해."

내가 삼촌의 성대모사를 하자 정민의 굳었던 얼굴이 풀렸다.

"뭐야, 그게 다야?"

"응. 이게 다야. 하지만 효과는 진짜 확실해. 고2 때 집요하게 나를 괴롭히던 애는 이유 없이 자퇴했고, 대놓고 차별

하던 학원 샘은 일을 그만뒀고, 서울 올라와서 지하철에서 처음 만난 치한은 경찰 조사받고 집으로 가다 교통사고로 반신불수가 됐거든."

내가 한 거라곤 그들의 이름을 딱 세 번 허공에 외친 것뿐이었다. 그래서 나는 종교는 없지만 신이 분명 존재한다고 믿어왔다.

"라면 넘친다."

정민의 말에 가스 불을 줄이고, 국자를 들었다. 유난히 깨끗하게 닦아놓은 가스레인지가 눈에 들어왔다. 평소 삼촌이라면 하지 않았을 행동이었다. 내게는 씁쓸하고 섭섭한 자살의 단서였다. 내내 시무룩한 채 식사를 마친 우리는 무명씨를 찾아 나섰다. 중국어 전공인 내가 할 수 있는 일이라곤 정민의 어깨 너머로 그의 현란한 손가락 움직임을 구경하는 것뿐이었다.

"삼촌은 굉장히 스마트한 분이셨어. 독학으로 프로그래밍을 공부해서 사이트를 운영하셨으니까."

정민이 삼촌의 잡화상인 'thehelp.com'에 접속했다.

"꼭 딴사람 얘기하는 거 같아. 내가 아는 삼촌은 구식 남자였거든. 생일도 음력으로 기억하는."

막연히 쇼핑몰 사이트는 외주로 제작했을 거라 생각해

왔는데 예상이 빗나갔다.

"더헬프닷컴. 도메인도 직관적이고 UI도 꽤 세련됐어. 봐, 군더더기 없이 깔끔하지?"

정민이 상단 메뉴를 하나씩 눌렀다. 청소 메뉴 안엔 빗자루부터 특수용액까지 다양한 청소용구가 판매 인기도 순으로 정렬되었고, 공구 메뉴엔 볼트와 너트부터 용접기와 컴프레셔까지 제품군이 다양했다.

"관리자로 접속하면 0351이 누군지 찾을 수 있을 거야."

정민이 사이트 주소 끝에 admin이라 타이핑을 하고 엔터키를 누르자 관리자 페이지가 나타났다. 곧이어 비밀번호를 누르고 로그인했다. 월별, 주별, 일별 매출과 상품관리 페이지, Q&A 게시판, 커뮤니티, 이벤트, 고객정보 검색 등의 메뉴가 도식적으로 펼쳐졌다. 정민은 고객정보 검색에 들어가 0351을 타이핑했다. 그러나 우리의 예상은 빗나갔다. '존재하지 않는 회원입니다.' 더헬프닷컴 회원 중 ID나 전화번호에 0351이 포함된 사람은 없었다.

"뭐지?"

정민의 얼굴에도 긴장감이 스쳤다. 그가 최근 주문자들 중 비회원만 추려 주소와 전화번호를 확인했다. 지난 일주일간 쇼핑몰을 이용한 사람 중 비회원은 단 두 명으로 주문품은 PVC 농업용 호스와 자동차 왁스였다. 각각

45,000원과 22,500원으로 주문 당일 카드결제와 배송이 완료되었다.

"너무 걱정하지 마. 계속 물건 안 보내면 다시 연락 올 거야."

정민이 깍지 낀 양손을 뒤통수에 댄 채 노트북 모니터를 물끄러미 바라보았다.

"나 지금 기분이 되게 이상하다."

기묘한 일이었다. 익명의 입금자 때문에 느끼는 당혹스러운 감정은 아니었다. 이 사건으로 인해 비로소 내가 삼촌 없이 세상 한가운데 뚝 떨어져 홀로 모든 것을 판단하고 결정해야 한다는 사실이 실감나서였다. 그러자 내내 삼촌을 향했던 서운함이 걷혔다. 그는 내 부모를 대신하며 살아왔지만, 한 번도 삼촌 이상으로 거리를 좁히진 않았다.

대학을 선택할 때도, 입학식에 신을 첫 구두를 고를 때도 삼촌은 고개만 끄덕였다. 때때로 그게 서운했다. 하지만 삼촌은 매사 쉽게 녹아떨어지는 나를 지키기 위해 드라이아이스처럼 차갑고 먹먹한 숨을 내뿜었는지도 몰랐다. 비로소 결로 같은 눈물이 쏟아지기 시작했다.

"드디어 터지는구나. 좀 울어. 나도 그랬어."

정민이 백팩에서 휴대용 티슈를 꺼내 건넸다.

"너도?"

내가 뺨을 타고 흐르는 눈물을 닦는 동안 정민이 전기포트에 물을 올렸다. 그는 익숙한 몸짓으로 싱크대 서랍에서 봉지 커피 두 개를 꺼냈다.

"4월에 엄마가 돌아가셨어. 급체인 줄 알고 소화제 드시고 주무셨는데 심근경색이었지 뭐야. 그날이 내 생일이라 나물 무치고 동그랑땡 부치다 어이없이 가셨지. 장례식 내내 실감은 안 나고 화만 솟는 거야. 앞으로 남은 무수한 내 생일이 그려지더라고. 나물 무치고 동그랑땡 부쳐 생일상 대신 제사상을 차리는 미래."

상냥한 수다쟁이였던 정민의 엄마를 떠올렸다. 모래알처럼 자잘한 주근깨가 핀, 웃으면 보조개가 파이는 얼굴이었다. 이른 아침 버스에서 내리면 늘 정민의 엄마가 운전하는 흰색 소나타가 지나갔다. 아들을 도시로 등교시키기 위해 그녀는 매일 두 시간씩 운전을 했을 터였다.

"어머니 일은 너무 안타깝다. 참 좋은 분이셨는데."

정민네 사진관에 갈 일이 생기면 그의 아버지보다 엄마가 있기를 바랐다. 무심한 얼굴로 연달아 서너 번 셔터를 누르고 마는 정민의 아버지와 달리, 그녀는 머리빗을 들고 와 앞머리를 빗겨주거나 턱과 어깨의 각도를 바꿔가며 여러 번 찍어 가장 좋은 사진을 골라주었다.

"엄마 돌아가시고 일주일쯤 지났을까. 동네 마트에서 캔맥주를 사서 계산하는데 계산원이 포인트 적립을 하겠느냐고 묻는 거야. 우리 가족은 폰 뒷자리가 다 0081이거든. 혹시나 해서 불러줬더니 엄마 이름으로 포인트가 적립되어 있더라. 엄마는 내가 캔맥주를 살 걸 알기라도 한 것처럼 정확히 맥주 값만큼 포인트를 모아놨더라고. 그때 갑자기 눈물이 터지는데 장난 아니더라."

정민의 눈도 그렁그렁해졌다. 우리는 거울처럼 마주 보고 앉아 눈물을 닦아내고 코를 풀었다. 커피를 마셨지만, 눈물인지 콧물인지 모를 찝찔한 맛이 입 안을 감돌았다. 마음을 가다듬고 정민의 노트북을 내 쪽으로 끌어당겼다. 삼촌 없는 세상에서 내가 해결해야 할 첫 번째 과제는 환불이었다. 그때 사이트 오른쪽 하단에 메시지 창이 활성화되었다. 조심스럽게 터치패드 위에 검지를 얹어 메시지 창을 열었다.

'GUEST 1 : 송장번호는?'

운송장 번호를 요구하는 걸로 보아 그가 무명씨 0351일지도 몰랐다. 나는 정민과 눈을 한번 맞춘 후 조심스럽게 답장을 써나갔다.

'ADMIN : 고객님! 반갑습니다. 혹시 오늘 아침 입금 문자 남기신 0351님이신가요?'

그가 무명씨이기를 바라며 답장을 기다렸다.

'GUEST 1 : 너 누구야? 진만이 아니지?'

삼촌의 이름을 무람없이 부를 수 있다는 건 친구이거나 오랜 단골일 터였다.

"아는 사이 같은데 간단하게라도 설명해야 하지 않을까?"

정민의 말에 고개를 끄덕였다. 더 이상 쇼핑몰을 운영할 수 없게 된 사연과 함께 환불 계좌번호를 요청해야 했다.

'ADMIN : 죄송합니다, 고객님. 정진만 사장님은 이틀 전 유명을 달리하셨습니다. 쇼핑몰 운영은 오늘부터 중단되오니 입금하신 금액도 환불 처리 해드리겠습니다.'

삼촌의 예금을 상속받으려면 사망신고부터 해야 했다. 무명씨가 부디 너그러운 사람이길 기대했다.

'GUEST 1 : 그래서 너는 누구냐고?'

진상일 가능성이 높아졌다.

'ADMIN : 저는 고인의 가족입니다. 다시 한번 양해 부탁드립니다.'

'GUEST 1 : 진만이가 죽었다니 말도 안 돼. 그럼 너도 오늘 안에 죽겠네?'

무명씨의 메시지는 그걸로 끝이 났다. 눈물로 젖은 얼굴이 후끈하게 달아올랐다. 가슴이 두근대고 속이 더부룩

했다. 악의적인 농담이란 걸 알면서도 불쾌한 마음은 가시지 않았다. 침샘이 욱신거리며 입 안에 묽은 침이 고였다. 게워내지 않고는 견딜 수 없었다. 나는 입을 틀어막고 욕실로 뛰었다. 벌컥 문을 열고 들어가 변기 커버를 올렸다. 목구멍까지 차오른 토사물이 밀려 나왔다. 한참을 게워낸 후에야 단단하게 뭉쳤던 속이 풀리며 메스꺼움이 누그러졌다. 나는 변기 옆 욕조에 등을 기대고 쪼그려 앉았다. 눈으로 욕실을 훑었다. 톤다운된 분홍색 세면대와 변기, 군데군데 균열이 시작된 욕조, 파란색 타일과 곰팡이 슨 줄눈까지 그대로였다. 삼촌의 커다란 발이 놓였을 욕조 끄트머리에 눈길이 멈췄다. 옴포동하게 살이 오른 삼촌의 발, 그 위에 우거진 털이 눈에 보이는 듯 선연했다. 문득 안치실에서 본 타투가 떠올랐다.

"정지안, 괜찮아?"

노크와 함께 정민의 목소리가 들렸다.

"괜찮아. 금방 나갈게."

욕조를 짚고 일어나 변기 물을 내렸다. 수돗물로 입 안을 헹구고 욕실을 나섰다. 문 앞에 서 있던 정민이 걱정스러운 표정으로 티슈를 내밀었다.

"장난이겠지만, 찜찜하면 신고할까?"

정민의 말에 고개를 가로저었다. 급작스러운 구토는 요

며칠 천천히 쌓여온 분노와 슬픔의 낙진일 터였다.

"괜찮아. 쫄아서 토한 거 아냐. 밀가루 먹으면 원래 속 안 좋을 때 많거든."

정민의 얼굴은 여전히 어둑했다. 아마도 그는 일생 동안 급체한 사람 앞에서 지금과 같은 표정을 감출 수 없으리라.

"일단 구매 막아놨어. 장바구니에 물건 담으면 구매할 수 없는 상품으로 얼럿(alert) 뜨도록. 영업 종료 팝업 만들 때까지만. 10분이면 돼. 고객 문의 들어올 수 있으니까 삼촌 폰으로 전화 오면 네가 받아."

정민이 든든하게 느껴졌다. 그의 널찍한 어깨를 토닥이며 싱긋 웃어 보였다. 우리는 다시 식탁에 놓아둔 노트북 앞에 앉았다.

"서버에서 받아놓은 소스가 있으니까……."

정민이 손가락을 풀고는 프로그래밍 툴을 열었다. 꺽쇠 모양의 부호에 갇힌 낯선 언어들이 물결쳤다.

"타이틀은 영업 종료, 볼드체……. 그동안 성원에 감사드리며, 오늘부로 영업이 종료됨을 알려드립니다. 교환과 환불은 고객센터로 문의 바랍니다. 문구 괜찮아?"

정민이 물었다.

"응, 좋아."

"오케이. 그럼 이대로 FTP에 올리면 돼……."

정민이 습관처럼 아랫입술을 자근거리며 작업을 이어갔다.

"정민아, 혹시 삼촌 발목에서 Murthe라는 문신 본 적 있어?"

그가 한숨 돌린 틈을 타 궁금했던 걸 물었다.

"삼촌이 문신을 했다고? 게다가 Murthe? 그게 무슨 뜻인데?"

"뜻은 몰라. 머더를 잘못 쓴 게 아닌가 싶기도 한데, 삼촌 스타일은 아니잖아."

정민이 고개를 갸웃하며 쇼핑몰을 새로고침 했다. 영정사진처럼 테두리가 검은 영업 종료 팝업이 떴다.

"그거 말고도 이상한 게 있는데, 말해도 돼?"

그가 다시 아랫입술을 씹었다.

"말해도 되지, 뭔데?"

"아까 봤는지 모르겠지만 이 사이트 월평균 매출액은 백만 원 미만이야. 순수익은 30만 원이 채 안 되고."

매출 백만 원이 채 안 되는 쇼핑몰 주인이 8억 원의 거액을 갖고 있다는 건 충분히 의아한 일이었다.

"그동안 무슨 이슈가 있었던 걸까? 통장 잔고를 봐선 장사가 꽤 잘된 거 같은데."

내 물음에 정민이 고개를 가로저었다.

"아니. 사이트가 처음 만들어진 이래 줄곧 비슷한 수준이었어. 물건이 아주 싼 것도 아니고, 신상품 입고가 잦은 것도 아니니까. 주 이용자는 창업 초기에 가입한 장년층들이야. 익숙한 걸 선호하는 그룹."

그때 퍼뜩 든 생각은 도박이었다. 도박장에서 잔뼈가 굵었으니 사정이 어려울 때마다 자금을 마련하는 방편으로 다시 도박에 손을 댔을지 몰랐다.

"또 이상한 건?"

차마 정민에게 도박 이야기를 꺼내지 못했다. 그가 삼촌을 스마트한 괴짜 정도로 기억해주길 바랐다.

"창고에 가면 문이 두 개잖아. 하나는 작업실로 들어가는 문이고, 또 하나는 창고 내부."

"그렇지."

"소규모 잡화상치고 보안이 너무 철저하다는 생각 안 들어? 모든 문마다 자물통과 최첨단 도어록이 설치돼 있잖아. 사실 창고 안이 궁금해서 보여달라고 부탁한 적이 있는데 단칼에 거절하셨어."

나도 창고 안을 들여다본 적은 없었다. 두 종류의 도어록과 네 개의 열쇠가 있어야 들어갈 수 있는 공간이었다. 설령 문을 열 수 있다 해도 가짜 손 사건 이후, 창고는 기피 장소가 되어버렸다. 진짜 같은 가짜 손이 선반 위에 줄을 이어 진열되어 있을 걸 생각하면 모골이 송연했다.

"그래서 말인데……."

마른침을 삼키는 정민의 목울대가 꿀렁했다.

"쇼핑몰이 하나 더 있는 건 아닐까?"

좀 엉뚱하지만 의심해볼 만한 가설이었다. 잡화상이 아니라 온라인 도박 사이트라면 무명씨의 입금과 상식 밖의 통장잔고나 지나친 보안 같은 것들이 설명된다.

"그것까진 모르겠다. 삼촌은 통 사업 얘길 안 했거든. 뭐 있을 수도 있겠지."

정민에게 감추고 싶었다. 그게 삼촌의 명예를 지키는 일이라고 생각했다.

"Murthe라는 철자는 어떤 단어의 오타가 아닐지도 몰라."

정민이 새로운 브라우저를 열고 사이트 주소창에 더헬프닷컴 주소를 타이핑했다. 그러자 주소가 바뀌며 'murthe-help.circle'이라는 사이트가 열렸다. 말릴 틈 없이 벌어진 일이었다.

"사이트가 바뀌었어."

머리에서 피가 모조리 빠져나가는 느낌이었다. 더헬프닷컴과 쌍둥이라고 할 수 있는 머더헬프는 마치 백조와 흑조를 연상케 했다. 디자인은 같았다. 다만 배너에 적힌 카

피가 달랐다.

'지옥이 도망칠 수 있는 곳이라면 누구도 두려워하지 않을 것이다.'

더헬프닷컴에선 '정품, 정량, 정도의 약속으로 고객과 함께하겠습니다'라는 카피가 있던 자리였다. 창백하고 네모난 상자 안에 갇힌 글씨는 궁서체였다.

"무슨 뜻이지? 경구 같기도 하고 중2병 허세처럼도 보이고. 정지안, 너 괜찮아?"

정민의 말에 나는 터치패드 위로 손을 옮겼다. 그러고는 카테고리를 열기 시작했다. 도검, 총기, 극약, 마취제, 포장재, 매듭 완제품, CCTV 탐지, 육절 및 대용량 분쇄기, 화학약품, 기타 등으로 나뉘었다. 정민과 내가 동시에 작은 탄성을 냈다.

"이 사이트 뭐야?"

사이트에서 눈을 떼지 못한 채 정민에게 물었다.

"이게…… 대체 왜……."

"여긴 무슨 사이트냐고?"

정민이 하, 짧게 한숨을 내쉬었다.

"딥웹 같아. 특별한 브라우저로만 접속할 수 있는 지하웹세계. 어떤 사이트들은 딥웹 브라우저에서 접속하면 저절로 주소가 바뀌면서 쌍둥이 사이트가 열린다는 괴담이 생각났거든."

딥웹에 대해선 아슴푸레 알고 있었다. 거기서 아동 포르노나 가짜 스너프필름, 유사 마약 따위가 유통된다는 이야기를 인터넷 어딘가에서 읽었다. 하지만 정말 그런 곳이 있을 리 없었다. 우린 인터넷 기사 댓글에 악플만 달아도 고소당하고, IP만으로도 집주소를 찾아내는 세상을 살고 있다. 그런데 보기만 해도 섬뜩한 물건들이 머더헬프라는 사이트에서 버젓이 판매되고 있는 걸 방관한다는 게 이해되지 않았다. 삼촌의 쇼핑몰을 본떠 만든 가짜 쇼핑몰인지도 몰랐다.

"나…… 잠깐 화장실 좀……."

정민이 납처럼 창백한 얼굴로 의자에서 일어나 어정어정 걸었다. 나는 손으로 입을 가린 채, 노트북 터치패드에 검지를 올렸다. 도검 메뉴로 들어가자 장도와 단도, 잭나이프, 도축용 새김칼까지 다양한 칼이 쓰임새별로 정렬되었다. 상세 페이지는 차마 눌러볼 엄두가 나지 않았다. 욕실 문을 바라보았다. 만약 이 사이트가 가짜 쇼핑몰이 아니라면 뒷일을 감당할 자신이 없었다. 어쩌면 정민은 경찰에 신고를 하고 있을지 모른다. 설령 그렇다 해도 말릴 명분이 없었다. 사이트 운영자는 이미 죽어버렸지만 이용자들은 추적할 수 있을 터였다. 일이 점점 복잡해지고 있었다.

천천히 욕실 문이 열렸다. 정민의 셔츠 앞섶과 얼굴에 물기가 맺혀 있었다. 그 애가 어떤 선택을 하든 따르기로 마음먹었다.

"만약 이 사이트가 진짜라면 우린 위험한 클릭을 한 거 같다."

정민이 한마디 한마디 힘주어 말하고는 자신의 자리에 돌아왔다.

"그게 무슨 뜻이야?"

내 물음에 정민은 관리자 페이지에 접속해 로그인을 했다. 그러고는 회원 검색창에 0351을 타이핑했다.

"역시 이 사람, 머더헬프닷컴 회원이었어. 이름 이성조, 성북구 장위동에 사네. 주문 내역 보이지? 엊그제 매듭 완제품 두 개랑 M3 나이프, 고농도 플루오린화수소산을 주문했어."

드디어 무명씨의 이름이 밝혀졌다. 가짜 사이트가 아니라는 의미였다. 턱이 덜덜 떨렸다. 나도 모르게 정민의 팔뚝을 힘주어 잡았다. 손에서 차갑고 축축한 땀이 배어났다.

"삼촌이 이런 일을 할 리가 없잖아. 진짜 쇼핑몰 주인은 따로 있을 거야. 너 혹시 삼촌한테 들은 말 없어?"

내 물음에 정민은 고개를 가로저었다. 그러고는 손가락을 움직여 메뉴 가장 끝에 있는 커뮤니티를 눌렀다. 수백 건의 게시물과 댓글이 펼쳐졌다.

—배수관 잔해물 완전히 녹이는 법 공유합니다

—혼자서는 절대 못 푸는 매듭법 동영상 有

—매장터 영구 임대! 철조망 마무리○ 등산객 접근×

—급급/신화여대 후문 투다리 골목에 CCTV 있나요?

—현재 실시간 1위 명랑동 토막살인 제 카피캣이네요ㅋ

작성자들은 살해 방법을 서로 공유하거나 각자의 사연을 늘어놓으며 교류하고 있었다. 그중 0351, 이성조가 방금 작성한 글이 눈에 띄었다. 정민이 게시물을 클릭했다.

—누굴까? 우리 중 누가 정진만을 제낀 거지? 꽤 괜찮은 녀석이었는데 상의도 없이 너무하잖아. 앞으로 장비는 누구한테 구하란 거야. ㅋㅋㅋ 덕분에 머더헬프 창고 대개방이 시작됐지만 말야. 난 도어록 해체 전문이야. 파티원은 내 밑으로 딱 세 마리만 받겠다. 선착순으로 댓글 남길 것.

그제야 이성조가 너도 오늘 안에 죽을 거라 했던 말이 휜

소리가 아니란 걸 깨달았다. 게시물의 조회수는 서른셋, 댓글은 스무 개였다. 나는 휴대폰을 꺼내 들었다. 그러고는 가방에서 삼촌의 죽음을 알렸던 경찰의 명함을 찾아냈다.

"신고하게?"

정민이 명함을 넘겨보며 물었다.

"아무리 생각해도 장난 같지가 않아. 경찰에 신고하고 피해 있는 게 좋겠어."

신호음이 음성메시지로 넘어가기 직전에야 경찰이 전화를 받았다. 마음이 놓이는 한편 과연 그가 믿어줄지 걱정스러웠다.

"김윤홉니다."

전화기 너머에서 우야우야 사람들의 목소리와 소음이 섞여 나왔다.

"정지안이라고 합니다. 엊그제 병원 안치실에서 뵈었던……."

"네, 기억합니다. 잠시만요……. 식당인데 다 먹었어요."

저벅거리는 발소리와 함께 소음이 멀어졌다.

"지금 삼촌 집인데요, 여기로 괴한들이 침입한다는 얘길 들었어요."

"지안 씨, 천천히 다시 한번 설명해주시겠어요? 괴한이 침입할 거란 걸 지안 씨가 어떻게 알게 된 거죠?"

"얘기하자면 길어요. 실은 저도 잘 모르겠고요. 증거는 갖고 있어요. 오시면 보여드릴게요. 출동하실 수 있죠?"

그사이 이성조의 게시물에는 댓글 두 개가 더 달렸다.

"지안 씨, 목소리가 자꾸 끊…… 조금만…… 왜…… 지안……. 어디……."

그의 목소리가 지글거리더니 통화가 끊기고 말았다. 황급히 통화 버튼을 눌러보았지만 신호음이 들리지 않았다. 액정 상단 바에 서비스 지역이 아닙니다, 라는 알림이 보였다.

"통화가 먹통됐어. 너도 그래?"

때마침 창밖에선 스프링클러가 작동해 잔디밭과 정원수를 적시고 있었다. 한여름 태양 아래, 모든 게 공평히 싱그럽고 건강해 보였다. 그러나 나와 정민의 얼굴은 핏기가 없었다. 정민의 휴대폰과 노트북도 연결이 끊긴 상태였다.

"일어나. 여기서 가장 안전한 데로 숨자."

정민이 식탁 의자에서 일어섰다. 매끈한 콧날에 땀방울이 맺혀 반짝거렸다.

"어디로 가게?"

"창고."

"거긴 안전하지 않아. 0351은 도어록 해체 전문가랬어.

독 안으로 들어가는 꼴이야."

차라리 걸어서라도 집을 떠나는 게 안전할 것 같았다.

"장담컨대 절대 못 열어. 도어록만 네 종류야. 놈들은 이미 집 근처에 와 있을지도 몰라. 통화 끊긴 것만 봐도 충분히 의심스러워. 삼촌이라면 분명히 창고 안에 침입자에 대비한 장치를 해뒀을 거야."

삼촌이라면, 의뭉스러운 정진만이라면 가능한 일일지 몰랐다.

"정맥 스캐너는 통과할 수 있지만 다른 도어록 비밀번호는 나도 몰라."

"찾아내야지. 그래도 안 되면 움직이자."

정민이 내게 손을 내밀었다. 짧게 깎은 손톱과 손마디가 단단한, 큼직한 손이었다.

"그래. 곧 경찰이 올 거야. 한번 해보자."

확신할 수 없는 말을 뱉어내고 그의 손을 잡았다. 손목에서 툭툭 혈맥이 뛰었다.

초등학교 때에도 지금처럼 정민과 손을 잡은 일이 있었다. 여덟 살, 크리스마스이브였다. 이미 겨울 방학이 시작되었지만 학교에 크리스마스트리를 장식하기로 약속한 아이들은 학교로 모였다. 눈 대신 겨울비가 쏟아져 여느 때보다 날씨가 푹한 날이었다. 우리는 복도에 놓아둔 가짜 전나무에 각자 집에서 가져온 트리 장식을 걸었다. 스노우볼, 털실로 뜬 곰인형, 부직포를 홈질해 만든 빨간 장화, 색지로 접은 별과 지팡이 모양 사탕 따위였다. 내 주머니 안엔 삼촌이 고민 끝에 넣어준 낡은 엽서 한 장이 들어 있었다. 산타와 썰매가 눈 내리는 밤하늘을 날아가는 일러스트였다. 뒷면엔 서툰 글씨로 '메리크리스마스'라 적힌 그것은 삼촌이 받은 유일한 크리스마스카드라고 했다. 엽서를 꺼내놓기 부끄러웠다. 다른 아이들처럼 새것도 아니었고, 번듯하거나 반짝거리지도 않았다. 무엇보다 삼촌의 이름이 적힌 낡은 엽서를 트리에 걸기는 싫었다.

"메리가 크리스마스다, 정지안."

트리를 중심으로 동심원을 그리며 둘러선 아이들이 목소리가 들리는 방향으로 고개를 돌렸다. 폐렴으로 입원했다던 정민이었다. 그는 목도리에 얼굴을 파묻은 채 기침으로 칼락거렸다. 손등엔 아직 떼지 않은 반창고가 붙어 있었다. 얼굴이 새빨개지도록 한참이나 기침을 한 정민이 내게 다가와 트리 모양의 크리스마스카드와 동그란 틴케이스에 담긴 쿠키를 건넸다. 누군가 내게 속삭였다. 넌 아무것도 안 줘?

"너도 메리크리스마스."

아무도 못 알아들을 만큼 작은 목소리로 속삭인 나는 얼결에 삼촌의 유일한 크리스마스카드를 정민에게 내밀었다. 그날 담임은 나와 정민을 나란히 세워놓고 손을 잡게 했다. 우리는 폴라로이드 사진기를 향해 듬성하게 빠진 앞니를 드러내고 웃었다. 삼촌에겐 카드를 잃어버렸다고 거짓말을 했다. 삼촌은 어린애처럼 몹시도 서운해하더니 나와 함께 먹으려고 사다 놓은 케이크를 혼자 먹어치워버렸다. 물론 이튿날 새 케이크를 사다 주긴 했지만. 아직도 그 학교 어딘가에 우리가 손을 잡고 서 있는 사진이 남아 있을지도 몰랐다.

어른이 된 정민의 넓은 어깨엔 병약하고 키 작은 소년의 흔적이 남아 있지 않았다. 외려 중학생 이후 성장이 멈춘 내가 아이처럼 왜소해 보일 지경이었다. 그는 현관에 벗어 놓은 신발을 들고 부엌 뒷문으로 향했다.

"창고 열쇠는 갖고 있지?"

정민이 물었다. 나는 가방 안에서 한 꾸러미의 열쇠를 꺼내 보여주었다.

"내가 먼저 나가서 이상 없는지 살피고 부를게. 안에서 기다려."

정민이 부엌 바닥에서 운동화를 신으며 말했다. 붉게 달아오른 귓바퀴와 파르르 요동치는 눈꺼풀에서 긴장이 배어났다.

"알았어. 여기 있을게."

내가 신발을 신자 정민이 조심스럽게 문손잡이를 돌렸다. 그러고는 무릎을 구부리고 고개를 낮춘 뒤 좌우를 살피며 뒷마당으로 나섰다. 창고 앞에 비뚜름하게 주차된 삼촌의 트럭과 손수레, 종종 스팸을 얻어먹으러 찾아오는 턱시도 무늬 고양이가 보였다. 녀석이 손수레 안에서 한가롭게 누워 배를 핥는 걸 보면 아직까진 침입자가 없는 모양이었다. 조급한 마음을 내려놓고 정민의 뒤를 따르려 한 발을 내딛었다.

"계세요? 저 왔어요, 민혜."

가느다란 여자 목소리에 정민과 나 그리고 턱시도 고양이까지 움직임을 멈추고 눈을 휘둥그레 떴다. 현관문 밖에서 들리는 소리였다.

"아까 통화한 경찰이 여자였어?"

정민이 뒷문으로 돌아와 자그맣게 물었다.

"아니, 남자야. 다른 경찰을 보낸 게 아닐까?"

"그럼 내가 나가볼게. 미리 걱정하지 말자. 여자 살인, 음…… 강력범죄자는 드무니까."

살인자라는 말을 어물어물 집어삼킨 정민이 부엌과 거실을 가로질러 현관으로 향했다.

"안에 안 계세요?"

여자가 문을 두드렸다. 정민이 나를 흘끔 돌아보고는 잠금장치를 하나씩 해제해 문을 열었다. 문 앞에 선 여자는 흰색 피케 티셔츠에 청반바지를 입고 에코백을 든 삼십대였다. 긴 눈에 무테안경, 좁아서 날카로워 보이는 콧날과 얇은 입술을 가진, 이지적인 분위기의 여자가 정민에게 수인사를 했다.

"누구시죠?"

정민이 물었다.

"그러는 그쪽은요?"

그녀가 의아한 얼굴로 되물었다. 내가 나설 차례였다.

"저는 정진만 씨 조카인데 어떤 일로 오셨어요? 아니, 어떻게 들어왔어요?"

여자가 정민의 어깨 너머로 나와 눈을 맞췄다.

"대문이 열려 있어서요. 전 정진만 씨 중국어 교사예요. 청주에서 교대 다니는 조카 맞죠? 뒤에 학생."

엉뚱한 대답이 돌아왔다. 나는 정민의 옆으로 다가가 그녀를 바라보았다. 평생 농담이라곤 해본 적 없을 것 같은 얼굴이었다.

"삼촌이 중국어를 배우고 있었다고요?"

내 질문에 여자가 고개를 끄덕였다.

"집에 안 계시나 보네요?"

민혜라는 중국어 교사는 집 안을 두리번거리며 삼촌을 찾았다. 무언가 부자연스러웠다. 그녀가 진짜 중국어 교사라면 삼촌이 굳이 나에 대한 거짓 정보를 알려줄 이유가 없었다. 게다가 집 안 어디에도 중국어 교재는 없었다. 물론 작업실에 가져다놓았을 수도 있지만 낯가림이 심하고 일찌감치 공부와는 담쌓은 삼촌이 과연 개인교사까지 고용해 외국어를 배웠을까.

“설명하고 돌려보내야 하지 않을까?”

정민이 고개를 돌려 입모양으로 말했다. 그의 눈에는 위험해 보이지 않을지 몰라도 나는 확신할 수 없었다. 검은 개는 도처에 웅크리고 있으니까.

“我在大学专攻是国文系, 你和我叔叔是什么关系呢?(전 대학에서 중국어 전공자예요. 우리 삼촌과는 어떤 사이죠?)”

나는 민혜에게 중문과 학생이란 걸 털어놓았다. 그녀가 진짜 중국어 교사라면 중국어로 답이 돌아올 터였다. 민혜의 입아귀가 천천히 올라가며 붉은 잇몸이 드러났다. 이지적이고 단정해 보였던 인상이 돌연 야릇하고 짓궂게 변했다. 그녀는 목덜미를 덮은 단발을 귀 뒤로 넘겼다. 그러자 피 흘리는 작약 문양의 타투가 드러났다.

“진짜 조카가 맞구나. 사진보다 예쁘네요. 근데 저 친군 누구예요?”

역시 민혜는 평범한 중국어 교사가 아니었다. 그녀의 검지가 정민을 향해 있었다.

“대답 못 하네? 친구, 신상 정보 말해봐요. 예를 들어줘야 하나? 정지안, 정진만의 조카, 스물한 살, 12월 10일생, 제일대학교 중어중문과 2학년, 그린코드. 이런 식으로 말해주면 좋은데."

그녀는 이미 내가 몇 살이고 어느 대학에 재학 중인지 알고 있었다. 교대에 다닌다는 가짜 정보를 부러 흘린 뒤 삼촌과의 관계를 파악할 셈일 터였다. 그린코드가 무엇인지는 유추할 수 없었다.

"배정민, 정지안의 친구, 스물한 살, 10월 22일생, 진명대학교 컴퓨터공학과 1학년 휴학 중, 코드 그런 건 모릅니다."

화가 난 것처럼 턱을 당기고 눈을 부릅뜬 정민이 내 손을 쥐며 대답했다.

"배정민이라…… 우리 데이터에 있는지 확인할게요."

민혜는 자신의 에코백에서 태블릿을 꺼냈다. 그러고는 한참이나 액정을 터치한 뒤 정민의 얼굴을 사진 찍었다. 뭔가를 읽는지 민혜의 진갈색 눈동자가 빠르게 움직였다.

"통신이 끊겼네. 뭐, 친구라고 칩시다. 달라지는 건 없으니까."

여자가 식탁에 엉덩이를 대고 걸터앉았다. 다시 고요해진 눈동자가 나를 향했다.

"삼촌과는 어떤 사이죠? 왜 여길 찾아온 건지, 앞으로 무슨 일이 벌어질지 설명이 필요해요."

나는 여자에게 취조하듯 물었다. 내 예상대로라면 가장

먼저 당도해야 할 인물은 이성조라는 남자였다. 그를 위시한 건장한 살인자들이 체인커터와 노루발 모양의 배척을 들고 승합차에서 내리리라 상상했다. 그런데 우리 앞에 선 민혜라는 여자는 야윈 몸에 에코백이 전부인 평범한 삼십대였다.

"혹시 내가 연쇄살인범일까 봐 걱정돼요?"

민혜가 팔짱을 끼고 물었다. 내 손을 꽉 쥐었던 정민의 손이 조금 헐거워졌다.

"우린 방금 살인자들에게 협박을 받았어요. 사채업자나 동네 건달이 아니라 살인을 취미로 저지르는 짐승들한테요. 그러니 아무도 믿을 수 없는 겁니다."

정민은 여전히 성난 얼굴로 그녀를 경계하며 말했다. 민혜가 가볍게 한숨을 내쉬고는 어깨를 으쓱해 보였다.

"머더헬프의 고객이 전부 연쇄살인범이라고 생각한 모양이군요. 일단 나는 살인이 취미인 짐승은 아니에요. 설명이 필요한 것 같네요. 진만 씨의 고객은 두 부류로 나뉘죠. 취미로 살인을 즐기는 사람과 직업으로 살인을 저질러야 하는 사람. 나는 후자예요."

직업으로 살인을 저지르는 사람이라면 킬러였다. 민혜가 우리를 향해 걸음을 옮겼다. 연쇄살인범이든 킬러든 죄책감 없이 사람을 죽인다는 사실은 변함없었다.

"직업 살인마, 취미 살인마 같은 게 세상에 있단 말, 나는 못 믿겠습니다."

정민이 민혜를 향해 고함을 내질렀다.

"나도 배정민 씨를 못 믿겠어요. 진만 씨가 아무 언질도 없이 사람을 썼을 리 없거든. 그렇게 여자 뒤에 숨어서 짖지 말고 덤벼볼래요? 우린 주먹 쥐는 모양만 봐도 프로인지 아마추언지 각이 나오니까."

그 말과 동시에 빙글, 세상이 돌았다. 모든 게 느리게 움직였다. 민혜의 이마로 떨어지는 잔머리, 내 손을 놓고 움켜쥐는 정민의 주먹, 공기를 가르고 날아가는 주먹과 가뿐하게 그걸 피해 정민의 겨드랑이를 가격하는 민혜까지. 모든 게 여러 겹의 잔상처럼 더디게 지나갔다. 민혜는 호주머니에서 동그란 반창고 모양의 패치를 꺼냈다. 그러고는 쓰러져 한 손으로 바닥을 짚은 정민의 목덜미에 붙였다. 그가 두 눈을 홉뜨고 입술을 조금 벌린 채 철퍽 너부러졌다.

"주먹질 솜씨는 형편없네요. 아, 이 패치도 진만 씨가 구해준 거예요. 꼭 멀미약처럼 생겼지만 신경마취제죠. 30분 정도 있으면 거뜬히 일어날 테니 걱정 마요."

의식을 잃은 정민은 박제된 동물처럼 가장 위험했던 순간을 간직한 채 굳어 있었다.

"우릴 해칠 건가요?"

내가 물었다.

"지안 씨는 한 번도 이상하다는 걸 못 느꼈나요?"

민혜가 되물었다.

"어떤……?"

"술 마시고 집에 돌아가던 무수한 밤길이 어쩜 그리도 평안했는지, 당신을 추행한 남자가 단 하루를 넘기지 못하고 사고를 당한 게 정말 우연인지. 평범한 여자들이 느끼는 불안과 공포를 그쪽은 경험하지 못했을 거예요."

왜 나는 한 번도 이상하다고 생각하지 않았을까. 그저 늘 운이 따랐다고 생각했다. 비타500 뚜껑의 '한 병 더'처럼, 버스에서 내리자마자 신호등이 녹색으로 바뀌는 것처럼, 무심코 누른 인스타그램 '좋아요'에 따라붙은 커피 쿠폰처럼.

나와 반대인 아이가 있었다. 언제나 일회용 마스크를 쓰고 다니던 대학교 같은 과 소연이었다. 그녀는 1학년 2학기 중간고사를 끝으로 학교에 나오지 않았다. 누군가 속닥거렸다. 전 남자친구 때문에 모텔에서 뛰어내린 여대생이 소연이었대. 인터넷에도 기사가 났었다. 다시 만나길 강요하던 남자친구에게 모텔로 납치돼 일주일이나 감금당한 끝에 투신자살을 택한 대학생. 소연의 얇은 마스크가 들떴을 때 얼핏 보았다. 그녀의 부르튼 입술과 부어오른 뺨을.

그해 겨울, 소연의 전 남자 친구는 집행유예로 풀려났다. 초범, 심신미약, 깊은 반성 따위의 사유가 붙었지만 그의 변호를 유명 로펌이 맡았다는 게 가장 큰 이유라는 건 누구나 알고 있었다. 신입생 환영회 때 본 소연의 얼굴이 떠올랐다. 뽀얀 반죽을 젓가락으로 찍어놓은 것처럼 양 볼에 보조개가 들어간 귀여운 인상이었다. 어느 게시판이건 올리면 순식간에 삭제당하고 마는 그녀의 전 남자친구 신상정보를 보게 되었다. 양팔에 토시를 낀 것처럼 문신을 하고 나이키 한정판 운동화를 신은 사내가 레인지로버 SUV 위에 앉아 있었다. 소연의 엄마가 수간호사로 오래 근무한 지방의 한양한방병원 원장의 아들이라고 했다.

방학에 집으로 돌아온 나는 비디오게임에 한창인 삼촌에게 소연과 그의 전 남자 친구 이야기를 했다. 왜 그랬는지 몰라도 목소리 끝에 울음도 맺혔던 것 같다. 그는 게임 속 탄창을 갈아 끼우면서 길게 한숨을 내쉬었다.

"내 원수는 남이 갚아준다는 말이 있어. 그래서 강가에 앉아 있으면 원수의 시체가 떠내려온다고 했지. 근데 그것도 살아남아야 볼 수 있는 거야. 아아, 네 얘기 듣다 나 죽게 생겼다. 문 하나만 더 통과하면 되는데."

게임에 진 삼촌은 원수를 갚기 위해 새 게임을 시작했다.

"삼촌은 그런 얘기 들으면 막 가슴이 뜨거워지고 혈압 오르고 그러지 않아? 찾아내서 두들겨 패주고 싶지 않냐고. 나한테도 벌어질 수 있는 일이잖아. 강 건너 불구경하듯이 뭐야."

"어쩌겠니, 난 잡화상이나 하는 촌부인데. 나쁜 놈 얘기나 더 해봐. 들어주는 건 자신 있으니까."

나는 인터넷 뉴스와 각종 커뮤니티에서 공분을 샀지만 시원한 처벌 없이 풀려나거나 종적을 감춘 사람들에 대해 한참이나 떠들었다. 그러다 어느 순간 삼촌이 콘솔을 손에 쥔 채 꾸벅꾸벅 졸고 있다는 걸 깨달았다. 그의 등허리를 암팡지게 꼬집고도 분이 삭지 않아 방으로 돌아갔다.

"정지안 씨."

민혜가 나를 불렀다.

"혹시 지난겨울에 병원 옥상에서 투신한 병원장 아들하고 체포 직전 분신자살한 진서동 원룸 연쇄강간 용의자…… 삼촌하고 연관 있나요?"

내 물음에 민혜가 고개를 끄덕였다.

"뉴스에 안 나와서 그렇지 그거 말고도 두세 건 더 있어요. 그들 중엔 서로 안면이 있는 동종업계 종사자도 있었고요. 하지만 아무도 지안 씨나 삼촌에게 복수하지 않았어요. 그게 그린코드를 가진 사람만 누리는 특권이죠. 살인마든 킬러든 지안 씨를 살해할 순 없어요. 우리 규칙이니까요."

민혜가 다시 붉은 잇몸을 드러내며 웃었다. 나는 그들 사이에서 꽤 유명한 사람이었다.

*

민혜는 내게 정진만이라는 남자에 대해 털어놓았다. 그는 딥웹에서 총기류 커스터마이징의 장인으로 불렸다. 주로 저격용 소총의 소음기나 소염기, 망원조준경, 핸드가드 등을 잘 다뤘다. 세운상가 앞 구둣방 할아버지라는 소문, 베트남 범죄 조직 출신이라는 소문, 소련 붕괴 후 프리랜서로 전향한 스페츠나츠 대원이라는 소문이 돌았지만 근거는 없었다. 정진만이라는 사내에 대해 알려지게 된 건 베일이라는 킬러에게 가족을 잃은 뒤라고 했다.

"베일은 다른 킬러들에게 의뢰가 들어가지 않도록 진만 씨의 무기를 독점하고 싶어 했어요. 그런데 거절한 거죠."

민혜의 말에 따르면 그때까지 삼촌은 무기 배달원을 두고 일했다. 그는 소리는 듣되 말을 하지 못하는 청아(聽啞)

로, 늘 400cc 혼다 오토바이를 타고 다녀 혼다로 불리는 사내였다. 베일은 삼촌이 어느 정도로 주도면밀하고 위험한 사람인지 알아보기 위해 혼다를 타깃으로 삼았다. 그는 먼저 혼다의 뒤를 밟아 삼촌의 위치를 알아냈다. 그러곤 대담하게도 번화가 사거리에 있는 여관 골목에서 혼다의 경동맥을 끊었다. 비명조차 지를 수 없었던 그는 커다란 피웅덩이에 누워 천천히 식어갔다.

다음 타깃은 담도암으로 입원 중인 할머니였다. 베일은 할머니의 병실에 들어가 삼촌에게서 산 바르비탈을 링거에 주사했다. 그리고 자신의 서명인 붉은 클립을 할머니의 손에 쥐여주는 것도 잊지 않았다. 아마도 베일은 이쯤 되면 삼촌이 어둠에서 제 발로 걸어 나와 맞짱을 뜨거나 동업을 제안하리라 생각했을 터였다. 하지만 베일의 기대와 달리 삼촌은 장례식장에 나타나지 않았다. 계획에 실패한 그는 마지막 도발을 감행했다. 타깃은 우리 부모님이었다. 베일은 할머니의 장례식장 화장실에서 아빠를 기다리고 있다가 멱살을 틀어쥐고 옥상으로 향했다. 진짜 내연남처럼 베일은 징그럽게 명줄 긴 네 어미도 죽었으니 이제 제발 이혼 좀 해달라는 으름장을 여러 사람 앞에서 쏟아내기도 했다. 영문을 모른 채 버둥거리는 아빠에게 지독한 린치를 퍼부으며 남모르게 웃었을지도 몰랐다.

옥상에 다다른 그는 아빠의 휴대폰을 빼앗아 엄마에게 전화를 걸었다. 그리고 이 순진하고 선량한 부부를 물탱크 앞에 세웠다. 그는 엄마의 휴대폰을 빼앗아 애틋하게 감추어둔 정부가 있으며, 노모의 간병까지 끝났으니 이제 그만 이혼해 달라는 메시지를 아빠에게 보냈다. 이후는 사람들에겐 치정에 의한 살인으로 알려진 대로였다. 놈은 부러 어설픈 솜씨로 수십 개의 자상을 만들어 엄마를 살해했고, 그 칼로 아빠의 목숨까지 앗고는 유유히 옥상을 떠났다. 엄마의 머리엔 흰 리본 대신 붉은 클립이 꽂혀 있었다고 했다. 목격자들의 증언과 휴대폰에 남은 메시지, 그리고 뉴스 사회면에 지역 이름이 거론되지 않고 빨리 묻히길 원하는 정치인 탓에 부모님은 오명을 뒤집어쓴 채 베일의 희생양이 되었다.

"진만 씨는 마지막까지 베일에게 굴복하지 않았어요. 어설픈 대결이나 치욕적인 야합 대신 자신의 신분을 완전히 노출하고 스스로 왕좌에 올랐죠. 그때부터 진만 씨와 거래를 하기 위해선 누구나 따라야 하는 규칙이 생겼고요. 우선 위험 등급별로 코드를 부여했어요. 저격 킬러들은 레드, 독살 프로들은 블루, 스파이는 퍼플, 뒤처리 업자는 옐로. 그중 그린코드를 가진 사람은 진만 씨와 지안 씨뿐이죠."

삼촌은 초창기, 허술한 모양새로 운영하던 사이트 공지

사항에 킬러맵을 업로드했다. 청부 의뢰가 들어오면 위치와 성격, 특기 등을 고려해 적당한 킬러를 골라 업무를 배당했다. 필요에 따라 색이 같은 코드끼리는 협업을 주선해줬고, 분쟁이 발생하면 직접 나서 조정을 했다. 물론 반발도 있었다. 무기 밀매상에게 휘둘리는 게 마뜩지 않은 킬러들은 자진 탈퇴를 했다. 하지만 오래지 않아 그들 모두 머더헬프로 돌아왔다.

"진만 씨는 강력한 무기를 갖고 있었어요. 혼다를 통해 킬러들의 사진과 거래 리스트를 차근차근 모아왔던 거죠. 언제든 자신이나 조카에게 위협이 될 만한 일이 벌어지면 딥웹이 아니라 일반인도 볼 수 있는 웹사이트에 정보를 공개하고 자멸할 계획을 세웠던 거예요."

유일하게 코드를 얻지 못한 킬러는 베일이었다. 삼촌이 한 달간 나를 아동일시보호소에 맡기고 사라진 건 베일과의 관계를 정리하기 위해서였다. 베일의 위치를 파악하는 데는 정보력이 좋은 퍼플들의 협조를 받았고, 깔끔한 뒤처리를 위해 옐로를 대기시켰다. 삼촌은 베일의 은거지인 한강변 맨션 앞에 서서 손가락을 꼽았다. 혼다, 엄마, 형, 형수. 복수를 하려면 네 개의 목숨이 필요했다. 하지만 베일은 고아인 데다 가족은커녕 애완동물 한 마리 키우지 않았다. 삼촌은 허리춤에 꽂아놓은 9mm 글록19를 물끄러미 들여다보며 작전을 변경했다.

그는 베일에게 치욕적인 죽음을 선사하기로 결정했다. 죽음을 전문적으로 다루는 킬러가 아닌, 거칠고 투박한 솜씨에 오로지 재미와 호기심 충족을 위해 칼을 휘두르는 사람들을 동원시키기로 마음먹었다. 옐로코드 중 매장터 임대인이 강북구 연쇄살인 사건의 범인과 안면이 있다고 나섰다. 인맥은 더 다채로워졌다. 강북구 연쇄살인 사건의 범인은 자신을 추종하는 잡범과 오랫동안 수법을 공유해 온 친구를 불러 재미를 보자고 제안했다. 작전은 무탈하게 진행되었다. 빈집털이 전문가가 현관문을 열어주었고, 중무장한 킬러들이 살인자들을 호위해 베일의 침실로 향했다. 민혜는 베일이 어떤 방식으로 살해되었는지는 털어놓지 않았다. 다만 시신 수습 과정에서 돋보기와 핀셋이 필요했다는 걸로 미루어 몹시도 잔혹한 죽음이었음을 짐작할 수 있었다.

"어리석은 선택이었어요. 베일 제거에 참여한 살인자들도 코드를 요구했으니까요. 코드가 생기면 손쉽게 무기를 구매하고 사체를 은닉할 방법이 생기니 말이죠."

민혜를 비롯한 킬러들은 살인자들을 암살하자고 삼촌을 설득했다. 그들 중 누구 한 명이라도 경찰에 덜미를 잡히면 머더헬프의 존재도 자연히 수면 위로 떠오를 터였다. 그러나 삼촌은 쉽게 결정을 내리지 못했다. 코드를 요구한 살인자들 중 한 명이 베일을 제거한 직후 과거 저지른 방화살인 사건으로 검거된 탓이었다. 제아무리 뛰어난 킬러라 해도 타깃이 감옥에 들어가 있으면 손쓸 방법이 없었다. 다른 살인자들만 암살하는 방법도 고려해봤지만, 수감자가 수사기관에 머더헬프에 대한 정보를 넘기는 최악의 상황이 벌어질 수도 있었다.

"결국 살인자들에겐 블랙코드를 부여하는 걸로 합의했어요. 진만 씬 창고를 짓고 본격적으로 회원들을 관리하기 시작했죠. 특히 레드코드 회원들의 기존 정보를 갈아엎고 유출되지 않게 방법을 강구했죠."

그렇게 말하는 민혜의 눈이 아슴아슴했다. 삼십대 중반으로 보이는 그녀는 13년 전에도 킬러였다. 민혜의 입술이 이토록 얇고 메마른 건, 말할 수 없는 비밀을 오랫동안 그 안에 담은 탓일지도 몰랐다.

"삼촌이 자살을 선택한 이유도 알고 있나요?"

나는 소파에서 쿠션을 가져다 정민의 머리를 괴어주었다. 패치가 붙은 목덜미 피부가 푸르스름하게 멍들어 있었다.

"이 정도 얘기했으면 눈치챘을 줄 알았는데…… 자살일 리 없잖아요."

민혜의 말에 퍼뜩 정신이 들었다. 자살이 아니라면, 누가 왜?

"삼촌이 살해됐단 거예요?"

"살인자들 쪽에서 벌인 일이겠죠. 늘 킬러들에게만 총기를 렌탈해주는 걸 못마땅해했으니까요. 누군가 창고를 털러 들어왔다가 뜻대로 안 되니 자살로 위장한 거 아니겠어요?"

삼촌은 나를 두고 자살할 사람이 아니었다. 만약 그가 이전처럼 신원을 숨기고 소극적으로 사이트를 운영했더라면 제2의 베일이 나타나 나마저도 위협할 가능성이 컸다. 삼촌은 나를 보호하기 위해 킬러와 살인자들을 설득하고 개인정보와 위치 지도를 만든 거였다. 그런 그가 유서 한 장 남기지 않고 손목을 그었을 리 없었다. 누군가 삼촌을 죽이고 머더헬프 창고를 가로채려는 속셈일 터였다. 그 누군가의 후보 중엔 민혜도 있었다. 그녀는 삼촌의 죽음이 살인자들의 소행이라고 주장하지만, 누구보다 먼저 이곳에 도착해 정민을 쓰러뜨린 사람이었다. 안심하기엔 일렀다.

민혜는 창가로 다가가 앞마당을 내다보았다. 안경을 바투 쓰고 미간을 좁혀 천천히 풍경을 훑던 그녀가 나를 손짓으로 불렀다. 담장 너머에 'KT 올레'라고 적힌 흰색 마티즈 한 대가 서 있었다. 유니폼을 걸친 남자 둘이 트렁크에서 굵은 케이블과 공구 상자를 꺼냈다. 통신이 끊긴 것이 그들 소행인지, 그들이 끊긴 통신을 이어줄 셈인지 짐작할 수 없었다.

"저 둘도 킬러들인가요?"

"그야 알 수 없죠. 우린 같은 마트에 다니는 다른 아파트 단지 사람들이니까요. 그치만 우리 업계에 2인조 킬러는 없어요. 매복이든 추적이든, 둘은 눈에 잘 띄니까. 저들이 진짜 A/S기사라면 일이 더 흥미진진해질 거예요."

나는 통신이 연결되기를 바라며 식탁 위에 올려놓은 휴대폰 쪽으로 시선을 돌렸다. 그때 바닥에 쓰러져 있던 정민의 어깨가 움찔거리는 게 보였다. 나는 민혜의 뒷모습을 흘깃거리며 정민의 목덜미에 붙은 패치를 떼어냈다. 그러고는 검지를 입술 앞에 세웠다. 정민이 힘겹게 고개를 끄덕였다.

"이제 우리 거취를 정해야 할 때가 온 거 같네요."

민혜가 우리를 향해 몸을 돌렸다. 정민은 다급히 눈을 감았고, 나는 놀란 마음을 감추며 휴대폰을 집어 들었다. 그러곤 정민의 목덜미에서 뗀 패치를 액정에 옮겨 붙였다. 정민과 나, 단둘이었을 때의 계획은 경찰이 올 때까지 창고로 피신하는 거였다. 하지만 민혜의 갑작스러운 등장으로 사정이 달라졌다. 그녀는 창고 안 무기를 능숙하게 다룰 수 있는 숙련된 킬러였다. 게다가 삼촌을 살해한 범인이 밝혀지지 않은 이상 그녀 역시 용의자로 분류할 수밖에 없었다.

"우린 그린코드를 죽이지 않기로 맹세했어요. 적어도 레드, 옐로, 퍼플은 신뢰를 지켜요. 그런데 살인자들도 그럴까요? 이미 그린코드를 가진 진만 씨가 살해됐어요. 지안 씨도 안전하지 않단 거죠. 일단 창고로 피신합시다."

민혜가 안경을 벗고 대꾼한 눈을 손끝으로 지압했다. 퇴근을 앞둔 도서관 사서처럼 피로해 보이는 얼굴이었다. 나는 휴대폰을 움켜쥐고 그녀의 곁에 붙어 섰다. 손톱 끝으로 액정에서 패치를 떼어냈다.

"약효가 아직 남아 있었으면 좋겠네요."

나는 민혜가 안경을 쓰는 틈을 노려 그녀의 목덜미에 패치를 붙였다. 뒤에서 숨죽이고 있던 정민도 무릎걸음으로 기어와 민혜의 종아리에 매달렸다. 그녀가 창틀에 머리를 부딪힌 뒤 마룻바닥으로 쓰러졌다. 관자놀이께에서 진득한 피가 흘렀다. 정민이 벽에 등을 기대고 헉헉, 숨을 몰아쉬었다.

"배정민, 너 괜찮아?"

내 물음에 정민이 몸을 일으켜 세웠다.

"좀 어지럽고 미식거리지만 참을 만해. 아까 두 사람 대화 다 들었어. 블랙코드는 그 살인자들, 레드코드는 킬러, 퍼플은 정보원, 그리고 너는…… 그린코드. 코드가 없는 사람이 제일 위험하네?"

우리들 중 코드가 없는 사람은 정민 한 사람뿐이었다.

"이런 일에 끌어들여서 미안해."

진심이었다. 호기롭게 반드시 살려 보내주겠다든지, 실은 그럴듯한 계획이 있다든지 하는 허풍도 부릴 수가 없었다. 이런 일에 끌려들어 화가 나고 속상한 건 나도 마찬가지였으니까.

"그런데 살인자들이 삼촌을 살해한 거라면 딥웹을 통해 소식을 접하고 찾아온다는 게 어색하지 않아? 살해한 사람이 이미 파티원을 모집해서 여길 접수했겠지."

정민도 나와 같은 생각이었다.

"그 살인자든 킬러든 우리가 대응할 수단이 없어. 삼촌을 살해했다면 우린 더 쉽게 처리하겠지."

내가 이야기를 하는 사이, 정민의 눈은 창밖에 고정돼 있었다. 그의 시선이 향한 곳으로 고개를 돌렸다. 한 청년이 국화 한 다발을 들고 오토바이에서 내렸다. 그는 썽그레 웃으며 A/S기사들과 몇 마디 대화를 나눈 뒤 대문 앞에 서서 초인종을 눌렀다.

"시내 우체국 직원이야."

정민은 청년을 알아보았다.

"저 사람은 왜 온 거지?"

"작은 동네잖아. 뒤늦게 누가 소식을 전했겠지."

초인종 소리가 연거푸 들렸다.

"그렇다 해도 문을 열어줄 순 없어. 죄 없는 사람까지 위험하게 할 순 없잖아. 무시하고 창고로 가자."

나는 커튼을 닫고 정민의 손을 이끌었다. 규칙적으로 울리던 초인종 소리가 멈췄다. 대신 멀리서 가느다란 소음 한 줄기가 흘러들었다.

"잠깐. 방금 자동차 엔진음 안 들렸어?"

정민이 황급히 커튼을 열었다. 놀라운 광경이 펼쳐졌다.

번호판 없는 검정색 스타렉스 두 대가 대문 앞에 멈춰섰다. 스타렉스 운전석과 조수석, 뒷문이 동시에 열리며 청년부터 중년, 초로에 이르는 남자들이 내렸다. 두 대에서 내린 사내들만 열한 명이었다. 유니폼을 입은 A/S기사 둘이 쪼그려 앉아 케이블을 자르다 말고 엉거주춤 일어섰다. 우체국 직원이 의아한 표정으로 그들을 돌아보았다. 운전석에서 내린 골프 티셔츠 차림의 중년 사내가 시퍼렇게 빛나는 마체테를 높이 들어 우체국 직원의 목을 내리쳤다. 나는 끔찍한 장면을 피하려 고개를 돌렸지만, 인터폰 패널에 청년의 마지막 모습이 고스란히 송출되었다. 피가 솟구치는 목덜미를 손으로 누르며 입술을 달싹이던 그가 힘없이 고꾸라졌다.

"이성조 일당인 거 같다. 뛰어."

나는 얼빠진 정민을 흔들었다.

"A/S기사들도 속수무책으로 당했어. 다음은 우리 차례가 될 거야."

정민이 힘없이 말하며 그렁그렁한 눈으로 나를 보았다.

"이런 말 할 시간에 뛰라고!"

그동안 전혀 눈치채지 못했지만 삼촌은 지난 13년간 나를 훈련해왔다. 잘 들어 정지안, 으로 시작하는 삼촌의 말 속엔 유사시 살아남을 수 있는 방법들이 숨어 있었다.

잘 들어 정지안, 만약 전쟁이 일어나서 군인들에게 쫓기면 에스 자로 뛰어. 그럼 총알을 피할 수 있어.

잘 들어 정지안, 사과를 깎을 땐 이렇게 칼을 세우지? 그치만 자를 땐 칼끝을 내리게 돼 있어. 칼끝에 목적이 있단 얘기야.

잘 들어 정지안, 학점도 중요하지만 회화에 능숙해야 해. 언젠가 우린 큰 집의 문 안에 살게 될 거야. 그 집에선 중국어만 쓸 테니까.

잘 들어 정지안, 거의 모든 일은 처음에 한 결정이 옳아. 비 오는 날 칼국수냐 감자탕이냐 고민될 땐 먼저 생각해 낸 메뉴를 택하는 거야. 그러니까 오늘은 칼국수지.

삼촌의 사근사근한 목소리가 귓가를 맴돌았다. 나는 정민의 팔을 끌어당겨 부엌 뒷문으로 빠져나갔다. 최초의 결정이 옳다는 걸 증명할 때였다. 열쇠로 창고문을 열고 들어갔다. 삼촌의 작업실 문 옆에 쌍둥이처럼 생긴 문이 하나 더 있었다. 정맥 스캐너는 통과한다 하더라도 또 다른 도어록의 비밀번호는 맞출 자신이 없었다.

"한신북중학교 3학년 1반 17번 정진만. 학생증 기억해? 삼촌이 집 안에 남긴 유일한 숫자였어."

정민이 머뭇거리는 내 손목을 끌어다 정맥 스캐닝을 한 뒤 터치패드에 030117을 눌렀다. 그러자 삼촌의 비밀스러운 공간이 우리를 맞이했다. 등 뒤에서 억센 고함과 발소리가 들렸다. 턱시도 고양이가 등을 아치처럼 일으키며 이를 드러냈다. 우리는 서둘러 창고 안으로 발을 들였다.

삶이 평온하던 시절 나는 종종 삼촌의 창고를 상상했다. 둘둘 말린 고무호스, 다섯 개 단위로 묶인 플라스틱 빗자루, 용도가 다른 어댑터와 크고 작은 전구 따위가 무질서하게 널브러진 퀴퀴한 공간이었다. 하지만 우리를 맞이한 건 견고한 철제 선반에 잘 정돈된 물건들이었다. 대략 백 개는 됨직한 선반 위엔 쇼핑몰에서 보았던 카테고리별로 물건이 수납되어 있었다. 벽 한편엔 삼촌이 말한 대머리 인형인 더미 한 가족이 얌전히 서 있었다.

선반 사이로 난 길의 끝, 그러니까 맞은편 벽면엔 열 개의 모니터가 집 안팎 상황을 중계했다. 정민의 시선이 거실에 쓰러져 피를 흘리고 있는 민혜에게로 향했다. 약효가 떨어졌는지 숨을 헐떡거리며 패치를 떼어낸 그녀가 날렵한 동작으로 식탁 밑으로 기어들었다.

"민혜 누난 걱정하지 마세요. 저래 봬도 폰지 사기로 2천8백억 먹튀한 최 회장을 마카오까지 쫓아가 헤드샷 날린 프로니까."

갑작스러운 목소리가 적막을 깼다. 놀라 휘청하는 나를 정민이 단단히 붙잡았다. 철제 선반, 도검 카테고리 안에서 검은 티셔츠에 파자마 바지 차림의 남자가 고개를 내밀었다. 숱이 많은 곱슬머리에 없다시피 옅은 눈썹, 다소 왜소해 보이는 체구의 삼십대였다.

"아저씬…… 또 누구세요?"

내 물음에 남자가 안심하라는 듯 양 손바닥을 펼쳐 보이며 다가왔다.

"보다시피 난 쇼핑몰 스태프죠. 원래 우리 형이 일했는데, 칼 맞고 죽었어요. 대신 내가 채용됐죠. 형은 간지 나게 별명이 혼다였는데 전 그냥 브라더라고 불려요."

브라더는 미싱처럼 시끄러운 남자였다. 그는 혼잣말을 중얼거리며 우리 곁으로 다가와 모니터를 물끄러미 쳐다보았다.

"지안 씨는 나를 잘 모르겠지만 난 오랫동안 지켜봐왔어요. 이 친구는 오늘 처음 보네요. 친군가요?"

브라더가 철제 선반 아래에서 접이식 의자 세 개를 가져와 모니터 앞에 펼쳤다.

"네, 지안이 친구예요. 지켜봤다는 건, 저 모니터로 본 건가요?"

정민이 브라더에게 물으며 가운데 의자에 앉았다. 내가 왼쪽 가장자리, 브라더가 오른쪽을 차지했다.

"그런 셈이죠. 낮엔 진만이 형이 모니터링을 하고 밤엔 제가 했어요. 아, 참참. 통신을 끊은 건 저예요. 비상시 대책 매뉴얼이 있거든요. 여기서 버튼으로 제어할 수 있어요."

브라더가 모니터 앞에 설치된 콘솔과 노트북을 가리키며 말했다. 하지만 비상시에 통신을 끊는 게 무슨 도움이 될까 싶었다. 전화나 인터넷이 연결되면 누군가에게 도움을 요청할 수도 있을 텐데 어째서 삼촌은 그런 매뉴얼을 만들었는지 의아했다.

"정말 삼촌이 그렇게 하라고 시켰어요?"

내 질문에 브라더가 팔짱을 끼며 고개를 끄덕였다.

"세상에서 가장 안전한 장소로 피신하게끔 장치한 거죠. 여긴 놈들이 절대 들어올 수 없어요. 게다가 이제 이 쇼핑몰은 지안 씨 것이 됐으니 지켜내야죠."

그의 말에 정민과 내가 동시에 "뭐라고요?" 하며 몸을 일으켰다.

"오오, 캄 다운. 앉아봐요. 앉아봐. 솔직히 내키지 않는 마음은 이해해요. 하지만 그게 그린코드를 가진 사람의 의무예요. 쇼핑몰이 사라지면 모든 게 끝날 거 같아요? 그린코드의 효력이 사라지긴 하겠네요. 비록 막강한 권력이 아니더라도 주인이 있는 쇼핑몰은 규칙이 유지되기 마련이에요. 하지만 주인이 없는 쇼핑몰은 약탈이 시작되죠. 미친 살인마들과 안정적인 무기 공급을 원하는 킬러들은 당신이 쇼핑몰을 버리는 순간 제거하려 들 거예요. 외부인은 그들이 세상에 있다는 걸 알아선 안 되니까요. 그러니까 모든 걸 받아들이고 매뉴얼을 따르는 게 현명해요."

브라더는 티셔츠 앞주머니에서 레이저포인터를 꺼냈다. 그의 손에서 발사된 붉은 광선이 담장 밖을 비추고 있는 CCTV 화면을 가리켰다. A/S기사 중 한 명은 가슴에 소방도끼를 맞은 채 하늘을 향해 누워 있고, 다른 한 명은 케이블에 목이 졸려 자동차 보닛 위에 엎어져 있었다. 목이 잘린 우체국 직원의 시신은 차마 똑바로 바라보기 힘들었다.

"여기서 이상한 점 눈치챘나요?"

브라더가 물었다. 정민이 모니터에 바짝 다가가 한참을 들여다본 뒤 고개를 저었다.

"잘 모르겠어요. 지안이 넌?"

"나도."

선량한 이웃들의 육체가 식어가는 걸 창고 안에서 바라본다는 것부터가 이상한 일이었지만, 정답은 아닐 터였다.

"아까 말했죠. 내가 일부러 통신을 끊었다고. 당연히 A/S 기사를 부를 리 없잖아요. 저 사람들은 부르지도 않았는데 찾아왔다가 재수 없게 죽었단 얘기예요."

그러고 보니 모든 통신이 끊겼는데 A/S기사를 불렀다는 건 앞뒤가 맞지 않았다. 대체 누가, 왜 그들을 불러들인 걸까.

"A/S기사들은 삼촌을 죽인 일당 중 하나였던 건가요? 통신이 끊길 걸 예측하고 위장해서 찾아온?"

정민이 다시 의자로 돌아와 앉았다.

"아뇨. 난 레드나 블랙의 얼굴을 다 알고 있어요. 기사들은 일반인이 확실해요. 누군가가 불러들였다고 생각해요. 도착해서 일반인부터 도륙하면 지안 씨가 바로 백기를 들 거라 예상한 인물이겠죠. 생각하는 게 꼭 베일 같네요."

그 얘긴 A/S기사들의 죽음이 나 때문이라는 걸 의미했다. 숨이 가빠지며 식은땀이 흘렀다. 나는 아무것도 몰랐다. 삼촌이 무기 밀매상이란 것도, 우리 집 창고에 모르는 사람이 살고 있다는 것도, 내가 살인자들의 쇼핑몰 주인이 되어야 한다는 것도. 그런데 왜?

"물 있나요? 지안이 많이 놀란 것 같은데."

정민이 내 등을 부드럽게 쓸며 브라더에게 물었다.

"당연하죠. 여긴 없는 게 없으니까. 3년치의 물과 비상 식량, 응급용품과 화장실까지 완비돼 있어요. 아차차, 물 달랬죠? 해양심층수랑 탄산수 중 어떤 게 좋아요? 아니다, 물을 것도 없이 해양심층수지. 탄산수는 무슨 맛으로 먹나 모르겠어요. 아까 보니까 토하는 거 같던데, 진정제도 같이 드릴까? 어디 보자."

브라더는 혼자서도 심심하지 않을 사람이었다. 그는 모니터 옆에 달린 검은 문을 열고 창고 안 창고로 들어갔다.

"정민아."

내 부름에 정민이 나와 눈을 맞췄다.

"욕실까지 CCTV가 설치되어 있었으니 저 사람이라면 삼촌의 죽음에 대해 알고 있지 않을까?"

모니터 중엔 내 방과 욕실을 비추는 것도 있었다. 브라더가 보는 앞에서 먹고 자고 씻고 용변을 해결했다는 생각이 들자 수치심이 스멀스멀 올라왔다. 하지만 그가 CCTV를 놓치지 않았다면 삼촌의 죽음이 자살인지 타살인지 알아낼 수 있을 터였다.

"와우, 바깥 상황 살벌하네요. 저 누난 총도 안 쓰고 벌써 몇 놈째야."

어느새 뿔테안경을 걸친 브라더가 물과 약을 들고 나오며 모니터에서 눈을 떼지 못했다. 민혜는 겨드랑이 사이에 중년 남자의 머리를 끼고 식탁 모서리에 몸을 던져 정수리를 가격하고 팔을 뻗어 주방용 가위로 뒷목을 깊숙이 찔렀다.

"브라더 씨."

나는 곡괭이를 들고 민혜를 향해 돌진하는 청년에게서 눈을 떼고 브라더를 바라보았다.

"에이, 그냥 브라더라고 불러요. 씨라고 하니까 그게 꼭 이름 같잖아요. 내 이름은 사실 따로 있는데, 밝을 영 자에……."

브라더의 말이 다시 길어지기 시작했다.

"삼촌이 자살하는 장면도 봤나요? CCTV에 남았을 거 아녜요."

나는 황급히 말을 끊어내고 궁금한 것부터 물었다.

"아, 일단 목부터 축여요."

수다쟁이 브라더가 무춤하며 물과 약을 건넸다. 그는 콘솔로 다가가 뭔가를 두드렸다. 이윽고 열 개의 모니터가 하나의 화면을 송출했다. 욕실에서 면도를 하는 삼촌이었다. 수염에 거품을 얹고 나이프로 조심스레 구레나룻을 정리했다. 삼촌의 둥그스름한 등과 낡아빠진 티셔츠,

매끈한 정수리를 보고 있자니 방금 전까지 그를 원망했던 마음이 사그라들었다. 그의 등을 볼 때마다 달려들어 간지럼을 피우고 싶었지만 어쩐지 한 번도 그러지 못했다. 삼촌이 우리 사이에 그어놓은 선을 내가 먼저 넘고 싶지 않았는지도 몰랐다.

"사건 당일이에요. 아직까진 침입자가 없어요. 보다시피 세수를 하고 볼일을 보고, 아…… 손도 안 씻고 욕실을 나가죠. 다음엔 거실로 갑니다. 손 번쩍 들어서 잼잼하는 거 보이시죠? 저한테 신호 보낸 거예요. TV로 수도권 킬러맵을 송출하라는 뜻이죠. 바로 송출. 자, 서울 지도 위로 색깔 코드 보이세요? 아유 바글바글하네. 지안 씨 자취방에 블랙코드…… 그러니까 살인자 그룹이 접근할까 봐 자기 전에 꼭 확인을 했어요."

삼촌이 길게 하품을 하고는 리모컨으로 TV를 껐다. 그는 장난스럽게 손바닥에 키스를 해 내 방을 향해 흔들고는 안방으로 들어갔다. 침대에 막 누우려던 그가 고개를 갸웃하고는 몸을 일으켰다.

"누군가 온 거 같은데, 담장 밖 CCTV가 먹통이 됐어요. 실내 CCTV도 현관으로 나가는 진만 형의 뒷모습으로 끝이 나요. 열 개의 CCTV가 순차적으로 작동이 정지된 거죠. 전화도 걸어보고 재부팅도 해봤지만 한 시간의 공백이 생겨버렸어요. 뛰어나가고 싶은 마음이 굴뚝같았죠. 하지만 난 규칙을 지켜야 했어요. 형은 비상 상황이 생기더라도 절대 창고를 떠나지 말라고 했거든요."

삼촌은 그 한 시간의 공백이 지난 후 욕조에 누워 있었다. 브라더는 핏물에 잠긴 그를 망연자실하게 바라보며, 어째서 자신이 형이라 부르는 사람들은 다 저런 꼴로 떠나는 건지 알 수 없어 슬펐다고 했다.

"그날 킬러맵에서 움직인 사람은 누구죠?"

정민이 물었다.

"없어요. 희한하리만치 아무도 활동을 안 한 날이었죠."

"위치추적기로 판단하는 거라면 얼마든지 떼어버릴 수도 있잖아요."

누군가 위치추적기를 떼어놓고 잠행을 시도했을지 몰랐다.

"GPS는 상완에 심었어요. 여기 팔 위쪽, 그러니까 겨드랑이랑 팔꿈치 중간쯤이죠. 작정하고 째서 뺄 수는 있지만 금방 들통나겠죠. 코드들 사이엔 규칙이 있어요. 진만 형이 정한 거죠. 첫째, 위치추적기를 훼손하지 않는다. 둘째, 절대 서로를 목표물로 삼지 않는다. 하지만 형은 위치추적기를 제거한 사람에겐 두 번째 규칙을 해제했어요. 처벌을 회원들에게 맡긴 거죠. 그래서 GPS를 제거하는 건

매우 위험해요. 다구리엔 장사 없잖아요."

브라더의 말을 종합해보면 범인은 킬러나 살인자가 아닐 수도 있다는 거였다. 삼촌이 무기 밀매상이라는 사실을 알고 있는 일반인은 얼마나 될까. 그가 누구이든 삼촌을 제압해 살해하고 나를 끌어들였다는 이야기다. 일반인이라면 목적이 불분명해진다. 총기나 극약 따위를 독점해봤자 살인자들의 표적만 될 뿐이었다.

브라더가 다시 모니터를 현재 상황으로 바꾸었다. 집안 곳곳에 시체가 나뒹굴고 있었다. 부서진 창문과 헤벌어진 방문들, 삼촌의 유골함마저 바닥에 나동그라져 있었다. 창고 앞에선 민혜가 어떤 남자와 담판을 벌이는 중이었다. 브라더가 그를 가리키며 이성조라고 알려주었다. 민혜의 팔과 다리에 난 굵직한 상처에서 피가 흘렀다. 고화질 CCTV에 민혜의 표정이 선명히 잡혔다. 거미줄처럼 금이 간 안경 너머로 살기 띤 눈동자가 양손에 단도를 쥔 성조를 노려보았다. 살아남은 사람은 성조와 민혜 단둘뿐이었다.

"이성조를 제거해도 민혜 누나는 승산이 없어요. 킬러 한 명이 근처에 매복해 있거든요. 상대의 실력도 만만치 않은데, 누나는 지금 총도 없고요. 형이 죽기 전날, 갖고 있던 화기를 전부 형한테 커스터마이징을 맡긴 게 화근이죠. 그래서 말인데…….”

브라더가 정민에게 다가와 어깨에 손을 얹었다.

“정민 씨가 누나한테 총을 전달해주면 어떨까요? 툭 던져주기만 하면 돼요. HNK P30 한 자루만요.”

그의 말에 정민이 정색을 하고 고개를 가로저었다.

“어차피 저 사람들 모두가 죽어야 상황 종료되는 거 아닙니까?”

나 역시 정민의 의견에 동의했다. 민혜가 측은하긴 했지만 킬러를 동정할 만큼 여유로운 상황은 아니었다.

“진만 형을 죽인 사람이 일반인이라면 목적이 무엇이든 위험인물들끼리 싸우다 죽어주길 바라겠죠. 하지만 중립적인 관점에서 보면 그렇지 않아요. 민혜 누나는 유능하고 믿을 만한 고객이에요. 쇼핑몰 재건에 꼭 필요한 사람이죠. 구해야 해요. 대부분의 킬러들은 조용히 상황을 관전하고 있을 거예요. 그들은 하루빨리 쇼핑몰이 정상화되길 바라겠죠. 이성조와 매복해 있는 킬러를 제거한 뒤에 통신을 연결할 겁니다. 사이트에 지안 씨가 머더헬프의 새로운 주인이라는…….”

“그럼 오늘부터 제가 쇼핑몰 주인이란 거죠?”

내가 브라더의 말을 끊자, 그가 움찔하며 한 걸음 물러났다.

"그으……렇죠. 매뉴얼대로라면 형이 죽었으니까 지안 씨가 주인이 되어야 해요. 공석이 생겨선 안 되거든요."

줄곧 여유롭던 브라더의 눈빛이 흔들리는 게 느껴졌다.

"브라더는 이제 제 명령에 따라야 하고요?"

"그렇긴 하지만, 아직 우리 시스템을 전혀 모르잖아요. 일단 급한 일부터 해결한 뒤에 차근차근 설명을 드릴게요."

그의 목소리가 금방이라도 울 것처럼 떨렸다.

"권총 전달은 브라더가 합니다."

살인자나 킬러의 소행이 아니라면, 이 집에서 가장 의심스러운 인물은 브라더였다.

"혹시 나를 범인이라고 의심하는 건 아니죠? 난 이 창고를 나갈 순 있지만 들어올 수 없어요. 정맥 스캔도 안 받은걸요. 게다가 진만 형한테 그런 짓을 할 리 없잖아요!"

브라더의 작고도 매섭게 찢어진 눈에서 굵은 눈물이 뚝뚝 떨어졌다. 그가 직접 살인을 저질렀는지, 아니면 공모자를 조종했는지는 몰라도 현재로선 가장 의심스러운 인물이었다. 삼촌과 불화가 있었을 수도 있고, 수익 배분에 앙심을 품었을 수도 있다. 만약 내가 삼촌처럼 살해된다면 쇼핑몰은 브라더가 널름 집어먹는다 해도 이상할 것이 없었다. 나를 믿고 명령에 따른다면 다시 생각해볼 요량이었다.

"저도 브라더가 믿을 만한 사람인지 확인해야 앞으로 같이 일하죠. 다녀오세요."

브라더는 뿔테안경을 벗어 내게 맡기고는 고개를 끄덕였다.

"무슨 얘긴지 알겠어요. 하나만 약속해주세요. 제가 돌아올 때까지 절대 창고 문을 닫으면 안 돼요. 사실 전 수전증 있어서 총도 못 쓰고 싸움도 젬병이거든요. 4주 군사훈련 받은 게 전부인데 그마저도……."

"브라더, 민혜 씨가 많이 힘들어 보이네요."

말이 길어질 것 같아 나는 모니터 중 한 개를 가리키며 말했다. 성조의 칼이 민혜의 옆구리를 아슬아슬하게 비껴갔다.

"네, 다녀올게요. 약속은 꼭 지켜주세요. 아…… 겁나게 겁나는데."

브라더는 총기류 선반으로 걸어가 견고해 보이는 나무 상자를 열었다. 그가 말한 HNK P30인 모양이었다. 권총을 든 그가 주춤주춤 문으로 향했다.

"탄창 더 필요하지 않아요?"

정민이 브라더에게 물었다.

"아니, 그런 건 중요하지 않아요. 한 발이라도 들어 있음

누난 확실히 조질 테니까. 위치 한 번만 확인해주세요."

브라더의 손이 눈에 보일 만큼 떨렸다.

"나가서 바로 오른쪽으로 돌면 삼촌의 트럭이 있어요. 트럭 후면에서 싸우고 있으니까 전달하고 오세요."

나는 모니터를 흘끔거리며 창고문 손잡이를 돌렸다. 민혜와 성조의 거친 숨소리와 기합 소리가 공기를 울렸다. 브라더는 나와 정민을 애절하게 바라보고는 어설픈 동작으로 달리기 시작했다. 고개를 문틈으로 빼 성조와 뒤엉킨 민혜를 바라보았다.

"누나, 던질게 받아요!"

브라더가 민혜를 향해 권총을 던지려 폼을 잡았다. 성조의 이마를 힘껏 박치기한 그녀가 브라더 방향으로 몸을 날렸다. 브라더가 던진 권총이 그녀의 발 앞에 떨어졌다. 비로소 민혜의 표정에 생기가 돌았다. 브라더가 헐레벌떡 방향을 틀어 창고로 뛰었다. 조금만 더, 세 걸음만…….

그때 문이 닫혔다. 쿵, 하는 소리와 함께 문 너머에서 브라더의 비명이 들렸다. 문을 닫은 건 내가 아니었다.

"우릴 조종하려고 들었어. 위험해."

정민의 손이 문손잡이를 잡고 있었다. 그의 표정이 차갑게 식었다.

"그래도 약속까지 했는데?"

브라더가 의심스럽긴 했지만, 나를 믿고 목숨을 건 사람이었다.

"왜 처음에 나를 내보내려고 했을까? 분명 브라더도 문을 닫았을 거야. 어떤 식으로든 너를 협박해서 쇼핑몰을 삼켰을 거라고."

정민이 뚜벅뚜벅 모니터가 달린 벽면으로 향했다. 그는 콘솔과 노트북을 한참이나 훑어보았다.

"네 계획은 뭐야? 우린 이 시스템을 전혀 모르잖아."

내 물음에 대답도 없이 정민은 콘솔 버튼을 누르고 노트북 타이핑에 바빴다. 나는 그의 작업이 끝나길 기다리며 모니터로 시선을 옮겼다. 민혜가 마당 잔디밭 위에서 성조의 가슴을 무릎으로 누른 채 그의 머리를 향해 총을 조준했다. 브라더는 여전히 창고 앞에 서서 문을 두드리고 있었다. 그는 CCTV를 정면으로 바라보며 손가락을 움직였다. 엄지와 검지를 이어 동그랗게 만들고 다른 손으론 권총 모양으로 손가락을 펼쳤다 위치를 이리저리 변경했다. 손가락으로 만든 글씨, 지화였다. 브라더가 반복적으로 만들어내는 글씨는 이응, 아, 니은, 기역, 여, 이응이었다. 안경. 나는 그가 맡긴 안경을 떠올렸다. 간이 의자 위에 올려놓았던 안경을 조심스럽게 집어 들었다. 저렴한 뿔테에 렌즈도 뿌연 낡은 안경의 다리를 펼쳐 콧등에 얹었다.

"통신 연결됐어. 딥웹 공지는 내가 할게. 사이트 구조는 다 비슷비슷하니까 어려울 것도 없어. 안경은 뭐야?"

정민이 등을 돌려 나를 바라보았다. 그의 셔츠 호주머니에 고정해놓은 볼펜에서 빨간색 불빛이 점멸했다. 나는 황급히 안경을 벗고 다시 그를 바라보았다. 무채색 볼펜 꼭지만 보였다. 안경을 쓰자 불빛이 나타났고, 안경을 벗자 사라졌다. 정민이 괜찮은지 물으며 내게 다가왔다.

"그냥 한번 써봤어. 킬러 한 명이 매복해 있댔지? 누군지 알 수 있을까?"

아무렇지 않은 척 말을 이어나갔지만 가슴이 두방망이질 쳤다. 언젠가 TV에서 스마트폰으로 몰래카메라를 탐지하는 방법이 소개된 적이 있었다. 셀로판지를 작게 잘라 렌즈에 붙인 뒤 손전등 어플을 켜면 몰래카메라에서 방출된 적외선이 반응했다. 브라더의 안경은 특수 처리된 렌즈를 사용하는 것 같았다. 돌이켜보니 브라더는 이 안경을 쓰고 난 후 정민을 창고 밖으로 내보내려 했다. 정민은 왜 나를 몰래 찍고 있었던 걸까.

"브라더가 통신 끊기 전에 킬러맵에서 집에 접근한 두 명의 킬러 신원을 찾아놨네. 한 명은 민혜 씨고, 다른 한 명은……. 아, 같이 보자. 모니터에 정보 띄울게."

정민의 말에 무거운 고개를 들었다. 화면이 양분할되며

한 남자의 사진이 올라왔다. 각이 진 얼굴에 눈썹이 짙은 남자의 이름은 본명인지 닉네임인지 잉잉으로 적혀 있었다. 본 적이 있는 얼굴이었다. 그것도 최근에 말이다. 삼촌의 장례식장에 마지막으로 빈소를 찾은, 검정색 슈트에 선글라스를 쓴 수상한 조문객.

*

삼촌은 매년 할머니와 부모님이 돌아가신 날이면 새벽부터 밥을 지었다. 팥을 삶고, 멥쌀과 찹쌀을 씻어 불린 뒤 압력솥에 쪄내고, 나물을 두어 가지 보탰다. 그걸로 제사를 지내는 건 아니었다. 그저 하루 동안 일을 쉬며 여러 번에 나누어 밥과 나물을 먹었다. 그날만큼은 나도 학교를 결석하고 삼촌과 빈둥거릴 수 있었다.

"샤먼이라고 알아?"

삼촌이 찰밥에 김을 싸 입에 넣으며 물었다.

"무당?"

"아, 그런 뜻도 있었지."

"그럼 삼촌이 아는 샤먼은 뭔데?"

나는 창밖에서 열심히 거미줄을 뽑고 있는 농발거미를 보며 물었다. 거미줄 그림자가 거실 바닥으로 나실나실

흔들렸다.

"샤먼 하면 그림자 선생이야."

삼촌은 빈 밥그릇에 물을 부어 들이켰다. 도통 무슨 말을 하는 건지 알 수 없었다.

"그림자 선생이 무당이라고?"

"아니지만 일단은 그렇게 기억해둬."

"그림자 선생이 대체 누구야?"

"믿을 만한 사람. 얘기가 기니까 그냥 샤먼 하면 그림자 선생을 떠올리면 돼."

삼촌의 말에 나는 건성으로 고개를 끄덕이고 다시 농발거미를 바라봤다. 거미가 짓던 건 알집이었다. 알집이 두꺼울수록 애거미들은 많이 살아남을 터였다.

"삼촌."

"응?"

설거지를 하던 삼촌은 등이 가려운지 팔을 뒤로 돌려 티셔츠 위를 긁적이며 대답했다. 나는 그의 뒤로 다가가 티셔츠 안에 손을 넣고 등을 긁어주었다. 으히히, 간지럼을 타면서도 삼촌은 시원해했다.

"담임 쌤이 그러더라. 학부모 상담하러 삼촌 다녀갔다고."

대학 선택은 알아서 하라던 삼촌은 나 몰래 슬그머니 담임을 만나고 갔다. 그는 어느 대학이든 상관없으니 중어중문을 전공했으면 좋겠다고 말했단다.

"아, 뭐…… 그랬던 거 같네."

엉큼한 그가 말을 얼버무렸다.

"어문학이면 난 영어나 일어 하고 싶은데?"

내 말에 삼촌이 수돗물을 잠그고 청바지에 젖은 손을 닦았다. 그러고는 시뻘겋게 달아오른 얼굴로 고개를 저었다. 그의 토실한 볼살이 흔들렸다.

"아니, 그건 좋은 생각이 아닌 것 같아. 앞으론 중국어가 유망하대. 영어는 요즘 누구나 잘하잖아. 일어는…… 한국인이 무슨 일본어야?"

그저 떠본 말이었는데 삼촌이 정색을 하니 머쓱했다. 이미 원서를 쓸 대학은 담임과 의논이 끝났으므로 이변이 없는 한 이듬해엔 서울에서 중어중문을 전공하게 될 터였다.

"이런 대화, 신기하다. 꼭 아빠랑 딸 같잖아. 삼촌이 아빠 같네."

나는 조금 울적해졌다. 부모님이 살아 있었으면 그들과 주고받았을 대화였다. 확신할 수 없는 미래를 상상하며, 대학과 취업과 적금, 2000cc 중고차와 전세보증금에 대한 구체성 없는 희망 같은 것들 말이다. 그들이 지어놓고 죽은 알집이 너무 두꺼워 나는 여전히 그 안에 갇혀 있는 것만 같았다.

"정지안, 잘 들어. 나는 네 아빠가 아니야. 영원히 될 수 없겠지. 그렇지만 1년에 한 번 돌아오는 기일엔 아빠라고 불러도 좋아. 일종의 롤플레잉을 하는 거지. 형도 살만 좀 쪘으면 나랑 비슷하게 생겼을 거야."

나는 말없이 삼촌을 끌어안았다. 그 후 두 번의 기일이 지나갔지만, 그때마다 알바와 겹쳐 고향에 내려오지 못했다. 그는, 나의 하루뿐인 아빠는 그래도 내 몫의 밥을 했을 거였다.

대학에 입학해서야 나는 샤먼이 중국의 지명 중 하나라는 걸 알게 되었다. 샤먼이 포함된 예문을 읽을 때마다 그림자 선생을 떠올렸다. 내 상상 속의 그는 새틴 재질의 치파오를 걸친 백발의 노인이었다. 독주가 든 호리병을 허리춤에 매달고 호기롭게 샤먼의 바닷가를 걸으며 왜자하게 웃는 얼굴을 그리곤 했다. 그러나 지금, 나는 그림자 선생이 건장한 체구에 입술이 얇은 중년 남자라는 걸 알아차렸다. 우리 집 근처에 매복해 있는 킬러의 이름이 그림자(阴影)를 뜻하는 잉잉이었다. 우연이 아니라면 그는 삼촌과 긴밀한 관계일 것이다.

"잉잉에 대한 정보는 더 없어?"

나는 불신을 들키지 않으려 정민에게 애써 웃어 보였다. 더 이상 그의 표정에서 불안감이나 두려움은 느껴지지 않았다. 게임에 몰입한 소년처럼 사뭇 천진하고 즐거워 보이기까지 했다.

"더는 없어. 이게 다야. 어쩌면 아까 이성조 일당한테 당했을지도 모르고."

정민의 대답이 무성의하게 느껴졌다. 창고에 들어오기 전까지만 해도 그는 용감하고 신중했으며, 목소리엔 걱정과 분노, 불안과 두려움이 깃들어 있었다. 그런데 브라더를 쫓아낸 지금, 정민은 썸이 끝난 과 동기처럼 내 눈을 피했다. 그가 철제 선반 사이를 산책하듯 거닐었다. 걸음은 도검류 앞에서 멈추었다. 그가 나무 상자를 열어 칼 한 자루를 꺼내 들었다. 삼촌의 물건을 함부로 만지지 말라고 소리치고 싶었지만 시퍼런 칼날을 보자 차가운 한기가 목덜미를 타고 흘렀다.

"온타리오 M9이야, 미군 대검. 케이바 나이프도 있네. 이런 건 옥션에도 파는데, 왜 갖다놓으셨지? 오! 진짜배기는 여기 있다. 가와사키 센세의 작품이야. 이걸 정말 실전에도 썼을까? 정말?"

극도의 흥분에 휩싸인 것 같았다. 욕지기가 올라왔다.

"너 칼 이름 잘 아네?"

"남자들 다 좋아해. 총, 칼, 여자, 게임."

정민은 칼을 내려놓고 총기류 선반으로 향했다. 신이 나서 어깨를 으쓱이며 걷는 뒷모습이 초등학교 시절을 떠올리게 했다. 하지만 내가 아는 정민은 미니어처 중장비와 공룡을 좋아하는 소년이었다.

"인피니티 와이드보디네. 그립감 최고다. 너도 만져볼래?"

내게 총을 권하는 정민의 피부가 울긋불긋했다.

"아니. 난 됐어."

"시그사우어 P220 컴뱃 두 정, 헌터 세 정. 얘들 아웃바렐이 다 다르구나. 역시…… 소총은 더 많아."

다시 안경을 코에 걸치자 그의 가슴팍에서 적외선이 감지됐다. 정민은 우리가 창고 안에 들어올 거라 예상하지 못했을 테니, 촬영은 관음의 목적이었을 가능성이 가장 컸다. 하지만 우연이 너무나 많이 겹쳤다. 하필 무기 밀매상의 비밀 쇼핑몰에, 무기에 관심이 많은 청년이 취업을 하게 되고, 그가 죽자 무기 창고에 숨어들어 진열된 상품들을 마음껏 주무른다는 건 여러모로 억지스러웠다. 이 모든 게 자연스러워지려면, 이미 모든 걸 알고 있는 청년이 창고를 접수하기 위해 사장을 제거했다, 로 인과관계를 수정해야 했다.

정민이 유일하게 내가 아는 권총인 스미스&웨슨사의 MNP를 장전했다. 검지를 트리거에 걸고 한쪽 눈을 감은 뒤 이곳저곳을 조준했다. 총검에 대한 지식은 나보다 풍부할지 몰라도 폼은 엉망이었다. 만약 내가 저렇게 팔꿈치가 굽고 어정쩡하게 손가락을 걸쳤다면 삼촌은 뭐라고 했을까.

삼촌은 내가 대학에 입학해 자취를 시작하게 되자 아마존에서 모형 권총을 직구했다. 물론 이제 와보니 그건 진짜 권총이지만 말이다.

"정지안, 이건 비록 모형 권총이긴 하지만 널 지켜줄 부적이야. 늘 침대 밑에 놓고 지내. 한번 잡아볼래?"

이삿짐을 싸느라 분주한 와중에 삼촌은 모형 권총을 들고 내 방을 계속 서성거렸다. 그때 나는 삼촌과 사소한 말다툼을 한 직후라 부루퉁한 상태였다. 사달은 새 자취방에 들어갈 책상과 침대, 책장을 삼촌이 제멋대로 주문해 배치까지 끝냈다는 사실을 털어놓아서였다. 내 취향은 고려하지 않은 온통 검정색 메탈 프레임에 덩치가 큰 가구들이었다. 아마도 삼촌은 가구 곳곳에 카메라와 도청기를 설치해 내가 눈치채지 못하게 미리 들여놓았을 터였다.

"삼촌, 짐 싸는데 정신없어. 삼촌이랑 비비탄총 갖고 놀기엔 너무 바쁘다고."

"가구 때문이라면 그만 화 풀어. 하지만 튼튼한 게 최고야. 기관단총이 아니면 뚫을 수 없는 강철 소재라 여차하면 몸을 숨길 수도 있고. 그러지 말고 와서 총 한번 잡아봐."

나는 삼촌이 불굴의 인내심을 가진 사람이란 걸 잘 알았다. 그를 내 방에서 내쫓기 위해선 모형 권총을 손에 쥐어야 했다. 물티슈로 손을 닦고 그에게서 권총을 넘겨받았다.

"먼저 조준선을 정렬해야 돼. 이게 가늠좌고 이게 가늠쇠인데 둘은 늘 평행을 유지해야 해. 네가 쏘고 싶은 사람에게 가늠쇠를 맞춰. 그리고 트리거, 그렇지 우리말로 방아쇠에 검지를 거는 거야. 넌 손가락이 짧으니까 격발하면 총구가 오른쪽으로 튈 수 있어. 그러니까 깊이 잡고 프레임이 움직이지 않게 양손으로 감싸쥐어야 해. 옳지, 잘하네. 트리거는 한 번 당긴다고 총알이 나가는 게 아냐. 이렇게 당기다 보면 걸리는 지점이 있거든. 거기서 조금 더 당겨야 파이어링 핀이 풀려. 자, 다시 해보자. 슬라이더 당겨주고……."

그렇게 진지한 삼촌의 모습은 처음이었다. 용어도 낯설고 손가락도 아팠지만, 나는 열성적인 삼촌 앞에서 그만하겠다는 말을 차마 꺼내지 못했다.

"너 인마, 상체가 왜 자꾸 뒤로 빠져? 그럼 반동 제어가

안 된다니까!"

"그러니까 내가 이걸 왜 해야 하냐고?"

꾹꾹 눌러왔던 짜증이 폭발했다.

"나에겐 딱 하루, 오늘밖에 없어. 내일부턴 너의 집이 생기고, 거기서 새로운 사람들을 사귀겠지. 그런데 거기 나는 없어. 난 여기 남는단 말야. 은장도를 쥐어줄까? 후추 스프레이는 어때? 진짜 나쁜 놈들은 그런 걸로 절대 겁 안 먹어. 폼만 제대로 잡아도 시간을 벌 수 있다는 걸 더 설명해야 알겠니?"

평소라면 삼촌의 부둥한 팔뚝을 꼬집어서라도 내쫓았겠지만, 그날 올려다본 삼촌의 얼굴은 저승사자처럼 서늘하고 고독해서 사람을 주눅 들게 했다.

"삼촌, 나 대학에 가는 거지 군대 가는 거 아니잖아. 총 쏘는 거? 알아두면 좋지. 그런데 여긴 한국이야. 차라리 물건값 깎는 법이나 감자채 써는 법을 알려주는 게 실용적일 거야. 난 삼촌이 원하는 대로 전공도 선택했고, 무식하게 덩치 큰 가구들도 끼고 살기로 마음먹었어. 서울 가더라도 방학이나 명절에 찾아올게. 부모님 기일이랑 크리스마스에도. 그러니 이젠 내가 혼자 살게 내버려둬. 자신 있어, 나."

내 말에 삼촌은 쓸쓸하게 웃어 보였다.

"그래, 네 말은 항상 옳아."

이튿날 우리는 어색하게 서로 포옹하며 헤어졌다. 자취방에 짐을 풀고 모형 권총을 침대 밑에 밀어넣은 뒤에도 나는 그날 내질렀던 말을 후회하지 않았다.

"넌 지금까지 죽이고 싶은 사람 없었어?"

정민이 방아쇠 울에 손가락을 끼워 흔들면서 서서히 내게 다가왔다.

"알잖아. 나도 모르게 내가 죽인 사람이 꽤 있다는 거. 넌?"

"난 쉰두 명."

쉰 명도 아니고 정확히 쉰두 명이라고 말하는 걸 보면 정말 손가락을 꼽아봤다는 얘기였다.

"그렇게나 많아?"

정민이 권총을 빈 간이 의자에 내려놓고 노트북으로 향했다. 그는 모니터에 노트북 화면을 띄우고 페이스북에 접속해 로그인을 했다. 아무 게시물도 없이 그가 팔로우한 사람은 수백 명에 달했다.

"이 녀석은 내 급식에 침 뱉은 애. 지금은 군대 갔더라고. 그리고 저 누나는 한 학번 선밴데 술자리든 단톡방이든 내 말만 씹어. 딱 내 말만. 사진 다 포샵이고 실제론 엄청난 돼지. 너 민수 알지? 오민수. 내가 얘 때문에 이 동네 학교를 못 다닌 거잖아. 이 자식 엄마가 우리 1학년 때 담임이었던 거 기억나? 그때 학부모들한테 나 간염 보균자라고 소문내서 은따시켰어. 그리고 얘는 태권도장 다닐 때…….”

“배정민, 기숙사 소시오패스 너지?”

초등학교 시절에 이미 보균자였다면, 기숙사에서 해코지를 당하고 감염되었다는 일화는 거짓이 된다. 정민은 자신이 저지른 행위를 당한 것처럼 포장했을 터였다. 자신이 팔로우한 계정을 설명하던 정민이 식은 표정으로 돌아보았다. 나는 간이 의자에 놓인 권총을 집어 들고 그를 조준했다.

“지안아, 너 왜 그래?”

정민이 양 손바닥을 들어 올리며 놀란 듯 눈을 끔뻑였다.

“난 이제 너를 못 믿겠어. 몰카 찍고 있잖아. 가슴에 볼펜 말야.”

나는 경계를 늦추지 않으며 서서히 뒤로 걸음을 옮겼다. 정민이 자신의 셔츠 앞주머니에서 볼펜을 꺼냈다.

“지난준가? 롯데리아 갔다가 주운 거야. 그냥 평범한 볼펜처럼 보이는데 왜, 뭐가 이상해? 안심해. 이거 너 줄게.”

정민이 희미하게 웃으며 나를 향해 걸음을 옮겼다.

“방아쇠를 당기냐 마냐는 너 하기 나름이야. 말해, 우리 집에 온 목적이 뭐야?"

바닥에 떨어진 나무 상자에 발이 걸려 휘청, 균형을 잃었지만 넘어지진 않았다. 머릿속에 수만 가닥의 바늘이 박히는 것처럼 후끈한 열기가 치솟았다.

"너 위로해주러 온 거 알잖아. 왜? 내가 너 해칠까 봐?"

그 순간 정민이 펼쳤던 양손을 접고 나를 향해 돌진했다. 방아쇠를 당겨야 했지만, 이미 평정심을 잃은 나는 손에서 힘이 빠져 타이밍을 놓치고 말았다. 붙잡히지 않으려면 뛰어야 했다. 전력을 다해 철제 선반들 사잇길을 달렸다. 정민의 숨결이 바로 등 뒤에서 느껴졌다. 돌아보고 싶은 마음이 간절했지만, 시간을 허비할 수 없었다. 창고문 손잡이를 틀어쥐고 힘껏 돌렸다. 그러자 무서운 속도의 탄 한 발이 내 관자놀이 옆을 스쳤다. 밖에서 누군가 내 팔을 끌어당겼고, 정민의 짧은 비명과 함께 창고 문이 닫혔다.

"어깨에 한 발 맞았어요. 지안 씨, 많이 놀랐죠?"

나를 끌어당긴 사람은 민혜였다. 그녀는 온몸이 피에 젖어 있었다. 한쪽 귓불이 떨어져 나가고, 큼직한 자상이 생긴 허벅지는 근육이 들여다보일 지경이었다.

"아…… 죄송해요. 정말 아까 일은……."

민혜를 보자마자 그녀에게 패치를 붙인 미안함이 솟구쳤다. 호의와 적의를 구분할 수 없던 때에 저지른 일이지만, 목숨을 빚지고 나니 미안하고 고마웠다.

"안에 저 친구…… 생각보다 많이 위험하던데요."

민혜가 권총을 든 나를 대견하다는 눈으로 바라보며 말했다.

"어떻게 아셨어요? 배정민이 위험한 사람이라는 거."

내가 패치만 붙이지 않았다면 이 정도로 큰 부상을 입지도 않았을 텐데, 그녀는 조금도 내게 서운하거나 원망스러운 기색이 아니었다.

"방금요. 브라더가 그 친구 노트북을 분석하다 발견했거든요. 갑시다."

그녀는 다리를 절룩거리며 앞장섰다. 나는 빠르게 걸어 어깨로 그녀의 왼쪽 겨드랑이를 부축했다. 우뚝 멈춰 선 민혜가 나를 말끄러미 바라봤다.

"괜찮아요. 우린…… 이런 거 익숙하지 않아. 익숙해져서도 안 되고."

도움이 익숙하지 않은 그들에게 삼촌은 가족과 진배없는 사람이었을 것이다. 나는 부축을 포기했다. 대신 부엌 뒷문을 열고 바닥에 어질러진 키친타월과 조리도구를 발로 밀어내 길을 텄다. 잡다한 물건들 속엔 수저통에서 빠져나온 숟가락, 젓가락, 티스푼 따위도 섞여 있었다. 하나같이 플라스틱 손잡이가 제거된 상태였고, 자루 끝엔 날카로운 송곳이 드러나 있었다.

"아까 급해서 숟가락 몇 개 썼어요."

"집 안에 저거 말고도 다른 무기가 있었어요?"

내가 물었다.

"부엌 쪽 창문을 봐요. 아주 자세히 보면 희미한 실금이 보일 거예요. 저걸 깨면 진짜 유리는 부서지고 특수 가공된 부분만 분리돼요. 도검으로 사용할 수 있죠."

나는 창고 방향으로 난 부엌 창문을 세심히 바라봤다. 빛이 투과하며 가느다란 은실 같은 금이 아른거렸다. 민혜의 말대로 실금은 단도와 장검 모양이었다.

"소파 장식도 이상하다고 생각하지 않았어요? 싸구려 천 소파 쿠션 밑에 쇠붙이 장식이 달려서 종아리에 닿았을 텐데?"

빨간색 소파는 아주 어려서부터 이 집의 일부였다. 어느 날 갑자기 없던 게 생겼다면 의아해했겠지만, 처음부터 그런 모양새였으니 쇠붙이 장식이 불편하다고 느낀 적이 없었다.

"그럼, 쇠붙이 장식도 무기였나요?"

"컴파운드 보우예요. 활이라고 하면 모양이 그려지죠? 화살은 등받이 안에 들어 있고요."

우리가 부엌으로 들어서자 노트북을 두드리던 브라더가 의자에서 일어섰다. 외상은 없어 보였다.

"잘 왔어요, 잘 왔어. 살아 있으니 이렇게 만나네요. 그 또라이 뭐 하고 있는지 구경할래요?"

브라더는 정민의 노트북을 우리 쪽으로 돌렸다. 창고 안 CCTV 영상이 송출되고 있었다. 어깨에 총을 맞은 정민은 창고 안 창고에서 구급함을 꺼내 지혈제를 뿌리고 있었다.

"브라더, 너 해킹도 할 줄 아는 거야?"

민혜가 그의 북슬한 머리를 쓰다듬으며 물었다.

"놉. 이 녀석이 해놓은 거죠. 우리 시스템을 해킹해서 제 멋대로 주무르고 있었더라고요. 진만 형이 그렇게 된 날 CCTV가 멈췄던 것도 이 녀석 소행이었어요."

정황상 범인은 정민이었다. 그런데 집을 요새처럼 꾸며 놓은 삼촌이 어째서 총도 쏠 줄 모르는 놈에게 당한 건지, 그리고 범행 동기는 무엇인지 아직 알 수 없었다.

"브라더, 왜 정민이가 그런 짓을 했는지 짐작할 만한 힌트는 없었나요?"

내 말에 브라더는 CCTV 화면을 끄고, 웹브라우저 하나를 열었다. 그는 제삿날 지방 쓰는 노인처럼 잔뜩 미간을 찌푸린 채 복잡한 주소를 타이핑했다. 이윽고 'Whore of

Babylon'이라는 이름의 사이트가 열렸다. 죽은 것인지 잠든 것인지 모호한 여자가 벌거벗은 채 머리 일곱인 사자를 타고 있는 톱 배너가 강렬했다.

"생각보다 많은 사람이 다크웹이나 딥웹을 이용해요. 사실 간단히 암호화 툴만 설치하면 접속할 수 있죠. 그런데 지금 접속한 반타블랙웹은 달라요."

브라더는 우리가 사용하는 웹이 마치 바다 표면과 같다고 했다. 정보의 파도 위를 서핑하다 간혹 수심이 깊은 바다로 내려가보는 사람도 있을 터였다. 그들이 바로 딥웹이나 다크웹 유저라고 했다. 하지만 반타블랙웹은 그야말로 심해를 의미했다. 특수한 잠수정 없이는 접근조차 할 수 없는 곳이었다. 어떤 치명적인 종(種)이 지배하고 있을지 모를 그곳은 알고도 외면하기 마련이었다. 브라더도 반타블랙웹에 접속한 건 처음이라고 했다. 세상에서 가장 검은 검정색을 의미하는 반타블랙은 딥웹이나 다크웹하고는 차원이 달랐다. 풋내기들끼리 합성 마약이나 포르노를 거래하는 사이트가 아니라는 거였다.

"반타블랙웹에 대해선 브라더보다 내가 더 잘 알아요. 한때 거기 상품이었으니까."

민혜는 브라더가 내어준 의자에 앉아 홀 오브 바빌론에 로그인했다. 그러자 화면이 일곱 개의 대문 이미지로 바꿔었다.

"첫 번째 문은 표적 납치와 고문의 방이에요. 30만 불을 전자화폐로 결제하면 원하는 사람을 데려다 고문 살해 할 수 있어요. 실시간 방송에 방청권은 만 불이고요. 만 불을 낸 사람들은 각자 한 가지씩 고문 방법을 제안할 수 있죠."

놀랍도록 덤덤한 표정의 그녀가 마우스로 두 번째 문을 가리켰다.

"두 번째 문은 소아성애자들을 위한 방이에요. 중국, 러시아, 캄보디아, 내전 중인 국가의 소녀들이 거래되죠. 아이들은 성인 여자처럼 화장을 하고 교태를 부리며 포르노를 찍어야 해요. 고객들은 필름을 보고 상품을 주문하죠. 나도 여덟 살에 중국 길림성에서 한국 돈 천오백만 원에 팔려 왔어요."

브라더가 믿을 수 없다는 표정으로 주먹을 움켜쥔 채 식탁을 내리치며 고함을 질렀다.

"창자를 갈아 마실 놈들."

나도 분노와 혐오가 끓어올랐지만 아무것도 할 수 없었다. 외려 몸에 힘이 빠지고 머릿속에 안개가 낀 것처럼 멍했다. 같은 여자인 탓이었다. 상상을 초월하는 폭력에 유린당한 여자 앞에서 주먹질과 고함은 아무 위로가 되지 않는다. 나는 먹먹하게 민혜의 옆모습을 바라보았다. 그녀는 오래전 죽은 생물의 화석 같았다.

"세 번째 문은 총기와 금지약물 거래예요. 진만 씨는 따로 공급선이 있어서 이용하지 않는 걸로 알아요. 네 번째 문은 장기밀매. 설명 길게 안 해도 되겠죠? 환자가 브로커에게 주문을 하면 브로커가 여기에 조건을 올려요. 폐쇄적인 국가의 공무원들이 판매자로 등록돼 있어요. 다섯 번째 문은 자살 테러예요. 흔히 종교적인 신념으로 벌이는 짓이라고 생각하는데, 실은 그렇지 않아요. 테러 직전에 개종을 한 사람들이 대부분이죠. 그들이 자신의 목숨을 바쳐 구하고 싶은 건 다름 아닌 가난에 찌든 가족들이니까요."

겹겹의 비밀이 벗겨질수록 민혜의 목소리는 낮아졌다.

"여섯 번째 문 안엔 해킹 전문가들이 포진해 있어요. 기업이나 국가조직, 화폐 거래소, 심지어 환율이나 주가도 이들 손안에 있죠. 가장 큰 돈이 움직이는 곳이에요. 그리고 마지막, 일곱 번째 문은 암살. 중간 수수료가 없는 머더헬프가 생긴 뒤 폐쇄되다시피 한 공간이죠."

설명을 끝낸 민혜가 브라더를 바라봤다.

"네, 저도 누나랑 같은 짐작을 하고 있어요. 지안 씨한테 간단히 설명해줄게요."

브라더는 마우스를 쥐고 첫 번째 방을 클릭했다. 'not user'라는 경고문이 떴다.

"봤죠? 이 노트북 주인은 1번 문의 접근 권한이 없어요. 다른 것도 다 마찬가지예요. 딱 하나, 6번 문 빼고."

여섯 번째 문은 해킹 전문가들의 공간이었다. 브라더가 클릭하자 여섯 번째 문이 열리며 고객과 해커들 간의 대화창이 나타났다.

"7번 문이 폐쇄될 지경에 이르자 바빌론에서 진만 형의 암살을 지시했을 거라고 봐요. 그런데 킬러들은 다 형의 친구들이니 물어보나 마나 거절할 게 뻔하죠? 다른 방식을 찾아낸 게 딥웹에서 얼쩡거리던 배정민이었을 거예요. 이런 풋내기가 바빌론의 일원이 됐다는 건, 어떤 오더를 완수해낸 보상일 거고요."

이로서 동기를 유추할 수 있게 됐다. 정민은 세계적인 해커들 사이에 끼기 위해 무리한 작전을 감행했던 것이다. 내게 모바일 개발 알바를 하고 있다는 것도 거짓말이었고, 사이트 관리자 페이지에 접속할 수 있었던 것도 미리 해킹을 해놓았기 때문이다. 우연인 척 딥웹에서 머더헬프를 찾아낸 것 역시 미리 계획한 일일 터였다. 그는 자칫 실수라도 하면 스펀지처럼 무수한 총알 구멍이 생길 걸 알면서도 무모하게 뛰어들었다. 나는 그게 과연 혼자 해낼 수 있는 일인지 의심스러웠다.

"혹시 조력자가 있진 않을까요. 배정민은 무기에 관심이 많았지만 사격 자세는 엉성했어요. 실전 경험이 없었던 거죠."

내 의문에 브라더가 고개를 가로저었다.

"조력자는 없어요. 실은…… 진만 형의 마지막 모습을 노트북에서 찾았거든요."

그가 폴더 하나를 열었다. 순간, 민혜가 브라더의 머리에 권총을 겨냥했다.

"브라더, 너 미친 거야? 어떻게 그걸 보여줄 생각을 해? 너라면 그걸 보고도 제정신으로 살 수 있을 거 같아?"

민혜의 반응으로 짐작건대 동영상에 담긴 내용은 분명 끔찍하고도 충격적인 진실이 숨어 있을 터였다.

"우리 형이 죽었을 때 내가 정신줄 놓지 않았던 건 적어도 형이 왜, 누구에게, 어떻게 죽었는지 알고 있어서였어요. 진만 형이 알려주지 않았으면 진즉 미쳐 돌아버렸을 거라고요. 세상 모두에게 복수할 수는 없지만, 딱 한 놈한테는 할 수 있잖아요. 진만 형이 해줬잖아요!"

브라더가 악을 쓰고는 어깨를 들썩이며 울었다. 그의 말이 옳았다. 정민이 어떻게 삼촌을 살해했는지를 알아야 복수의 방법을 구체화할 수 있었다.

"보여주세요. 봐야겠어요."

나는 울고 있는 브라더 대신 마우스를 잡았다. 그러고는 폴더 안에서 동영상 파일을 실행시켰다. 그날의 진실이 재생되기 시작했다.

시원하게 뻗은 손가락이 초인종을 눌렀다. 바투 깎은 손톱, 도드라진 정맥. 정민이었다. 긴장을 한 걸까. 그의 숨소리가 거칠었다.

"지금 벨 누르고 기다리는 중입니다. 과연 문을 열어줄지 궁금하네요."

정민은 마치 유튜버처럼 도촬용 카메라에 대고 속삭였다. 삼촌의 살해 과정과 죽음을 고객에게 증명하기로 약속한 모양이었다.

"다시 말하지만, 나는 그런 일을 하는 사람이 아니야."

인터폰에서 삼촌의 목소리가 흘러나왔다. 정민은 이미 삼촌과 접촉한 적이 있는 것 같았다.

"오늘은 그 얘기 하러 온 게 아닌데요."

천연덕스러운 그의 대답에 잠시 인터폰에서 노이즈가 들렸다.

"그럼 거기서 말해."

"삼촌, 지안이 말예요……."

"지안이가 왜?"

삼촌의 목소리에 긴장이 깃들었다.

"바빌론 1번 문에서 표적 납치 들어갔대요. 여기서 할 얘긴 아닌데."

그 말과 동시에 대문이 열렸다. 정민이 큭큭, 웃으며 안마당으로 들어섰다.

"저도 대문 안에 들어온 건 오늘이 처음입니다. 도베르만이라도 기를 줄 알았는데 조용하네요. 그믐이라 달도 없고, 예감이 좋습니다."

조경수들이 만들어낸 그림자가 검은 웅덩이처럼 마당 이곳저곳에 널려 있었다. 정민이 걸을 때마다 센서등이 점멸하고 화면이 흔들려 시야 확보가 쉽지 않았다. 멀리서 노라발간 빛이 보였다. 삼촌이 현관문을 열고 기다리는 모양이었다.

"이 새끼! 어디서 주워들은 거야!"

마주 달려온 삼촌이 정민의 멱살을 틀어쥐었다.

"그런 일 하는 사람 아니라더니, 바빌론은 아시나 봐요?"

정민이 이기죽거리자, 삼촌은 성난 얼굴로 그를 들어 거실로 패대기쳤다. 화면이 여러 차례 뒤집히고 칼락거리는 기침 소리가 났다.

"이거 한 자루면 충분해. 네놈 몸통에서 여든 개, 모가지에서 스물아홉 개, 초라한 새가슴에서 스물다섯 개, 등골에서 스물여섯 개, 든 거 없는 대가리에서 여덟 개, 잘난 얼굴에서 열네 개. 뼈와 살을 깨끗이 발라주마."

삼촌이 바닥에 누운 정민 앞에 손바닥만 한 칼을 들이밀었다. 그토록 살기등등한 삼촌의 얼굴은 처음이었다. 그를 떠올리면 늘 꿀통에 손을 담근 채 알근하게 취한 사내처럼 웃는 곰돌이 푸우가 생각났다. 하지만 영상 속 사내는 성난 포식자 코디악베어 같았다.

"다시 말씀드리지만 전 여섯 번째 문 해커라니까요. 제가 의뢰한 것도 아닌데, 왜 이러세요? 피아식별 좀 하시라고요."

정민이 불쾌하다는 말투로 지껄이곤 몸을 일으켰다. 삼촌은 여전히 위협적인 표정을 한 채 그를 노려보았다.

"아는 거 다 말해."

"베일이라는 사람한테 원수진 적 있어요?"

정민이 소파에 자리를 잡았다.

"그놈은 오래전에 죽었어."

"삼촌이 죽인 거겠죠. 베일도 무지 꼼꼼한 사람이었나 봐요. 그의 대리인이 거액의 계약금을 입금했더랍니다. 그것도 나를 콕 집어서 집행관으로 써달라고요. 머더헬프의 정진만을 살해하라. 삼촌이 제거되면 잔당들이야 알아서 기어들어오겠죠. 그런데 호락호락 당할 사람이 아니니까 가장 큰 약점인 정지안을 인질 삼은 거 아니겠어요?"

삼촌의 얼굴에 낭패감이 스쳤다.

"지금 지안이는?"

"진동 소리 들리는데 직접 확인하시죠, 폰."

정민의 말에 삼촌은 뒷주머니로 손을 옮겨 최신형 스마트폰을 꺼냈다. 지금껏 2G폰만 쓴다고 믿었는데, 그는 스마트한 중년답게 최신형 단말기를 갖고 있었다.

"이 링크 누르면 뭐가 나오냐?"

삼촌이 칼을 내려놓고 선반에서 작은 돋보기 안경을 꺼내 썼다.

"실시간 스트리밍 영상이요."

정민의 대답에 삼촌은 손바닥으로 반들반들한 정수리를 여러 차례 쓸어내리며 신음했다. 그렇게 한참 휴대폰을 바라보던 그가 화면을 터치했다.

"저 녀석은…… 익수잖아. 앤 손 패티시 변태지만 살인자는 아니야. 콜렉터라고."

삼촌이 정민을 향해 화면을 돌려 영상을 보여주었다. 화질이 거칠고 흐릿하지만, 가짜 손 사건 때 알몸으로 우리 집에 찾아왔던 사내가 어른거렸다.

"에…… 진만 씨. 나요, 익수. 나라고 좋아서 이러는 거 아닙니다. 놈들이 내 콜렉션을 모두 빼앗아 갔어요. 돌려받으려면 어쩔 수 없었다는 점, 꼭 얘기하고 싶어요."

삼촌의 얼굴이 데친 오징어처럼 붉어지더니 코에서 진득한 피가 쏟아졌다. 이윽고 익숙한 목소리가 들렸다.

"여기 어디예요? 당신들은 누구고요? 저 집에 좀 보내주세요. 시키는 거라면 뭐든 할게요. 그러니 제발 나를……."

나였다. 목소리는 조작이 아니었다.

한 달 전, 우리 학교 연극동아리로 창작극 오디션 이메일이 도착했다. 시놉시스를 읽어보니 일제강점기를 배경으로 한 위안부 소녀들의 비극을 그린 작품이었다. 주연배우는 이미 캐스팅이 끝났지만 조연과 코러스를 모집한다는 글이었다. 유명 극단의 야심작인 만큼 모두가 침을 삼켰다. 그렇게 나와 동기 둘 그리고 선배 네 명이 오디션을 보게 되었다.

극장은 한산했다. 우리를 대기실로 안내한 스태프는 각각 1분 분량의 지정 연기와 자유 연기를 요청하며 대본을 나눠 주었다. 그리고 호명에 따라 한 명씩 무대로 올라가 연기를 했다. 심사를 하러 온 조연출과 각본가는 어쩐지 심드렁한 표정으로 연신 하품을 했다. 눈물을 짜내고 악을 쓰느라 목이 쉬었지만 결과는 전원 탈락이었다.

내 어설픈 오디션 장면에 삼촌은 어깨를 들썩거리며 울었다. 그가 조금만 침착하게 내 표정과 어조를 분석했다면 의심부터 하는 게 마땅했다. 하지만 삼촌은 이성을 잃었다. 영상 속의 여자는 틀림없는 조카 정지안이었고, 두려움에 질려 목숨을 구걸하는 중일 테니까.

"내가 어떻게 하면 되냐?"

삼촌이 폰을 내려놓고 정민에게 물었다. 코피가 그의 입술을 타고 들어가 앞니를 붉게 적셨다.

"일반인이 보기에도 자연스러운 죽음을 연출해주시면 돼요. 그럼 지안이는 바로 돌려보낸다고 약속했어요."

그때 요란한 벨소리가 들렸다. 정민이 바지주머니에서 2G폰을 꺼냈다. 욕실에서 발견했다고 내게 건넸던 건 바로 저 대포폰이었다.

"직접 통화해보시죠."

정민이 삼촌에게 휴대폰을 건넸다.

"쥐새끼가 전한 말 잘 들었소."

상대가 무어라 한참을 떠드는 동안 삼촌의 표정은 일그

러졌다.

"신변 정리 할 시간이 필요해."

삼촌은 상대의 반응에 낙담을 한듯 꺼져가는 목소리로 말했다.

"그것까지 거절할 줄은 몰랐군. 뒷감당은 자신 있소? 내 친구들은 나보다 잃을 게 없다는 걸 알 텐데."

상대가 신변 정리 할 시간을 허락하지 않은 모양이었다. 삼촌이 버럭 화를 냈지만 통화는 종료되었다. 정민이 소파에서 일어섰다.

"잃을 게 없는 친구분들껜 비밀로 해드릴게요. 마음의 준비 되셨으면 바로 실행하시죠."

경멸을 가득 담은 삼촌의 시선이 정민에게 꽂혔다.

"실행 후 지안이의 안전은 어떻게 보장할 거야?"

"전 보장 같은 거 못 해요. 바빌론이 약속을 지켜주길 바라야죠. 삼촌이 실행을 하면 가능성이 생기는 거고, 여기서 헛수작 부리면 가능성은 깨끗이 사라지는 거 아니겠어요?"

정민의 말에 삼촌은 티셔츠 앞섶을 끌어당겨 눈물과 코피를 닦아냈다. 그는 물기 어린 눈으로 집 안 곳곳을 잠시 일별했다.

"동영상 찍는 거 다 알아. 바빌론에 보고 후엔 반드시 폐기해. 지안이가 이 영상을 보는 일만큼은 없어야 해. 알았나, 쥐새끼?"

"쥐새끼라…… 듣다 보니 정드네요. 뭐 그렇게 하시죠. 유언이 소박해서 참 좋아요. 가시죠."

정민의 말에 삼촌이 걸음을 옮겼다. 삼촌은 티셔츠와 청바지를 벗고, 트렁크팬티 차림으로 욕실문을 열었다. 정민이 에드 시런의 〈뷰티풀 피플〉을 흥얼거리며 삼촌을 따라 욕실로 들어갔다. 삼촌은 욕조에 뜨거운 물을 받으며 접이식 면도 나이프를 꺼냈다. 그는 뜨거운 김이 피어나는 욕조에 몸을 둥글게 말고 들어앉았다. 수없이 많은 흉을 몸에 새긴 나의 삼촌이 아물지 않을 마지막 상처를 준비하고 있었다.

"삼촌, 진짜 궁금한 게 하나 있는데요. 어떻게 이 일을 시작하게 된 거예요? 누굴 만나면 삼촌처럼 강해질 수 있죠?"

정민이 몸을 낮춰 삼촌과 눈높이를 맞췄다. 하얀 김에 가로막힌 삼촌이 고개를 돌려 정민을 바라봤다.

"좆까."

삼촌은 망설임 없이 나이프를 휘둘렀다. 선혈이 욕실과 정민, 카메라를 향해 튀었다. 삼촌의 얼굴이 잘 보이지 않았다. 놈의 비명 탓에 삼촌의 목소리도 들리지 않았다. 정민은 욕설을 하며 신고 온 양말을 벗고 호들갑스럽게 욕실을 나왔다. 장례식이 끝나고, 그가 욕실 청소를 자청한 이유였다.

"사…… 사람 죽는 거 처음 봤어. 하, 기분 더러우면서 졸라게 쨰지네."

영상은 끝났다. 삼촌의 당부를 배신하고 정민은 파일을 지우지 않았다.

"괜찮아요?"

브라더가 플레이어를 종료시키고 물었다.

"네. 안 봤으면 후회했을 거예요."

나는 예전의 나로 돌아갈 수 없게 되었다. 마치 깜빡 잠이 들었다 눈을 떠보니, 버스 차고지에 덜렁 혼자 남은 기분이었다. 버스는 이제 운행을 끝마쳤다. 집에 돌아가는 길은 요원하지만 밤 또한 길었다.

*

민혜가 내게 다가와 머리를 끌어안았다. 메마른 그녀의 눈이 눈물 없이 붉게 충혈되었다.

"창고의 쥐새끼가 한 일이 더 있어요."

브라더가 노트북을 두드렸다.

"우리 쇼핑몰은 라이브 채팅 같은 게 없어요. 지안 씨가 온라인에서 대화한 GUEST는 쥐새끼가 만들어놓은 프로그램이더라고요. 쇼핑몰 관리자 페이지에 접속하고 일정 시간이 경과하면 자동으로 대화를 시작하게끔 만든 거죠. 대화 순서도 미리 정해놓은 거라, 지안 씨가 엉뚱한 걸 묻거나 대답했으면 탄로 날 수도 있었을 거예요."

브라더가 더헬프닷컴 관리자로 접속했다. 그러자 사이트 오른쪽 하단에 메시지 창이 활성화되었다.

'GUEST 1 : 송장번호는?'

"봤죠? 아무 키나 한번 눌러봐요."

브라더의 말에 나는 스페이스바를 눌렀다.

'GUEST 1 : 너 누구야? 진만이 아니지?'

정민과 더헬프닷컴에서 이성조를 만난 상황 그대로였다.

"그럼 이성조가 커뮤니티에 올린 글은 뭐죠?"

내 물음에 브라더가 브라우저를 바꿔 머더헬프에 접속했다.

"이성조는 실존인물이고 살인자 그룹 중 한 명인 게 맞아요. 하지만 게시물 작성 시간과 아래 달린 댓글 스무개의 작성 시간이 같아요. 역시 조작된 거죠. 위치가 가까운 것도 아닌데, 도착한 시간도 너무 빠르고요. 게시물 확인하고 한 30분이나 걸렸나?"

브라더와 내가 의문을 짚어나가는 사이, 민혜가 가느다

란 신음을 흘리며 바닥에 쓰러졌다. 허벅지에 난 상처에서 피가 쉼 없이 흘렀으니 체력이 바닥났으리라.

"브라더, 공구선반에서 타카 좀 갖다줄래?"

민혜의 말에 브라더가 화들짝 놀라며 타카를 들고 왔다. 그녀는 허벅지에 벌어진 상처를 손으로 끌어당겨 오므리곤 타카로 봉합했다. 굵은 철심이 여린 살을 파고들 때마다 민혜가 밭은 숨을 몰아쉬었다.

"가장 중요한 힌트는 나만 알고 있는 거 같아. 이성조가 죽기 전에 마지막으로 내게 한 말이 있거든."

봉합을 마친 민혜가 힘겹게 입을 열었다.

"자기 대신 정진만을 죽여달라고 했어. 문자로 협박당했대. 오늘 중에 머더헬프의 모든 회원 신상 정보가 공개될 거라고. 본명과 주소, 가족관계, 그간 저질러온 범행까지. 놈들은 진만 씨가 죽은 것조차 모르고 있었어."

유언이나 다름없는 말이니 거짓은 아닐 터였다. 한때 삼촌은 그들의 신상을 공개하고 자멸할 계획까지 세웠다. 그걸 아는 살인자들은 의심의 여지없이 어떻게든 삼촌을 막아볼 심산이었으리라.

"이제 퍼즐이 딱 맞춰졌네요. 배정민, 저 쥐새끼의 목적. 자, 종합해볼게요."

브라더가 민혜를 부축해 소파로 옮겼다.

"쥐새끼는 진만 형을 자살시키고 바빌론에 입성했어요. 그런데 거기가 그리 만만한 곳이 아닌 거죠. 새로운 미션을 줬을 거예요. 머더헬프를 완전히 끝장내면 받아준다, 뭐 그런 임파서블한. 쥐새끼는 다시 대가리를 존나게 굴렸을 겁니다."

브라더의 말에 따르면 정민은 애당초 모든 회원의 신상 정보를 온라인에 공개해버릴 작정을 했을 거였다. 그러면 살인자들은 범죄 사실이 발각되고 킬러들은 일자리를 잃게 된다. 살인자들과 킬러들의 신상 정보를 지워주는 대가로 인력을 독점하려는 게 바빌론의 계획이라고 짐작됐다. 그러나 정민은 해킹으로 살인자들의 DB는 찾아냈지만 킬러들의 연락처와 고객 명단은 그 어디에도 저장되어 있지 않다는 걸 깨달았을 것이다.

"아무리 서버를 들쑤셔도 킬러들의 연락처와 고객 리스트는 찾지 못했을 거예요. 사실 그게 어디 있는지는 진만 형만 알고 있으니까요. 놈은 막연히 창고에 있을 거라고 추측했을 테죠. 바빌론과 약속한 시간이 다가오고 있으니 일단 만만한 살인자들부터 건드렸다고 봐요. 누군가 킬러들에게 연락해주길 바라면서 문자로 도발을 한 거죠. 창고를 열려면 꼭 필요한 사람이 바로 지안 씨였을 거고요."

브라더가 다시 창고 안 CCTV 화면을 중계했다. 광기에 휩싸여 안광을 뿜어내는 정민이 철제 선반에 담긴 물건들을 마구잡이로 끄집어냈다. 단추가 모두 떨어진 셔츠 탓에 정민의 상반신이 절반쯤 노출되어 있었다. 씨근덕거리는 가슴팍이 피와 땀으로 번들거렸다. 그가 원하는 건 머더헬프의 와해일 거라고 했다. 그렇다면 내가 원하는 것도 확실해졌다. 놈을 죽이고 쇼핑몰을 지켜내야 했다. 먼저 확실히 할 것이 있었다. 가장 빨리 이 집에 도착한 사람, 민혜에 대한 의문이었다.

"민혜 씨, 실례가 아니라면 하나만 물어볼게요."

민혜가 대답 대신 눈을 끔뻑였다.

"삼촌이 죽었다는 거, 어떻게 알았어요? 브라더 말대로라면 킬러들은 아직 아무도 몰라야 하잖아요."

성조 일당을 섬멸하고 정민으로부터 나를 구해낸 건 고마운 일이지만, 이젠 누구도 섣불리 믿지 않기로 했다. 민혜가 슬며시 미소를 지었다. 슬픈 것 같기도, 행복한 것 같기도 한 표정이었다.

"나는 진만 씨에게 빚이 있어요. 비참하게 살던 나를 지옥에서 건져냈고 총 다루는 법을 가르쳐줬죠. 첫 살인은 나를 천오백만 원에 사와 8년간 가지고 논 영감이었어요. 그때가 마침 크리스마스이브여서 난생처음 크리스마스카드를 썼던 기억이 나요. 내게도 진만 씨에게도 처음인 진짜 크리스마스였죠. 이제 질문에 답할게요. 진만 씨 소식을 나한테 전한 건 브라더예요. 비상시 매뉴얼 중 하나였죠. 지안 씨를 창고로 피신시킬 사람이 필요하니까."

나는 자그맣게 탄성을 뱉었다. 삼촌이 갖고 있던 크리스마스카드는 민혜가 준 것이었다. 덩치 큰 아저씨와 상처받은 소녀의 정표를 내가 분실하고 말았다. 그 순간 나는 미안하고 안쓰러운 마음과 함께 작지만 분명한 질투를 느꼈다. 삼촌에게 내가 아닌 또 다른 소녀가 있었다니. 그 소녀의 생명과 존엄을 지켜내고 그녀에게 자신의 죽음 이후를 맡겼다니. 나는 왜 삼촌에게 그런 소녀가 되지 못했던 걸까.

창밖에 어둠이 깔리기 시작했다. 살인자들이 죽어나간 마당에 조등(弔燈)처럼 센서등에 불이 들어왔다.

"누가 침입했어요. 브라더, 킬러맵 좀 확인해주세요."

센서등에 불이 들어왔다는 건, 누군가 담장을 넘어 마당에 침입했다는 걸 의미했다. 나는 손바닥 땀을 청바지에 닦아내고 권총을 단단히 쥐었다. 부상이 심한 민혜가 의식을 잃었는지 소파에서 몸이 기울었다.

"둘, 넷, 여서, 여덟, 열, 열둘, 열넷, 열다섯. 열다섯 명이 집 주위를 에워쌌어요. 그중 하나는 이미 마당에 들어온 거 같고요. 살인자 전원이에요."

브라더가 노트북을 가리키며 어쩔 줄 몰라 했다.

"살인자들이면 개인 화기는 없잖아요. 우리가 인원은 적어도 우세해요."

나는 그들이 총기를 소지할 수 없다는 걸 기억해냈다. 살인자와 킬러는 반응 속도며 전투력에서 차이가 클 것이다. 비록 중상을 입긴 했지만, 킬러인 민혜가 홀로 살아남은 것만 보아도 승산이 있었다.

"민혜 누나는 탄을 다 썼대요. 애당초 딱 두 발 장전되어 있었나 봐요. 게다가 저 상태론 못 싸워요. 지안 씨 탄창에 든 열세 발이 끝이라고요."

정확히 명중을 한다 해도 두 발이 모자랐다. 그때 사스락사스락 잔디를 스치는 가벼운 발소리가 났다. 마당 안으로 들어온 살인자였다.

"브라더, 안에 들어온 놈 신상 좀 알아봐줘요."

나는 벽에 몸을 붙이고 조심스럽게 창문을 향해 다가갔다. 브라더가 빠르게 타이핑을 했다.

"김준열, 만 34세. 아시안게임 육상 메달리스트이고, 직업은 체육교사. 네 건의 살인 기록이 있어요. 전부 졸업한 제자들이네요. 비조를 잘 쓰는 놈이에요. 그게 뭐냐 하면 줄에 동물의 발톱 모양 갈고리를 달아놓은 건데, 한번 비조가 박히면 고통도 상당하지만 혼자서는 뽑아낼 수가 없어요.”

신체 능력이 뛰어난 자였다. 졸업생들과 접촉한 것을 보면 대외적으론 사교적이고 친근하게 행세했을지도 몰랐다. 센서등이 켜진 곳은 현관에서 채 열 발자국도 떨어지지 않은 지척이었다. 놈이 먼저 집 안으로 난입하기 전에 제압해야 했다. 아무도 우릴 구해줄 사람은 없었다.

“저 나갔다 올게요.”

삼촌은 말했다. 검은 개의 가장 소중한 것을 빼앗아야 이길 수 있다고. 놈은 다리다. 한때 그에게 영광의 메달을 선사한 단단하고 긴 다리. 죽이는 데 실패하더라도 최소한 불구는 만들어야 후회가 없을 것 같았다. 실내에서 조용히 놈을 기다리며 가슴을 졸이느니, 직접 맞으러 나가기로 작정했다.

“아니야, 아니야. 지안 씨, 그건 너무 위험해요. 만나자마자 반사적으로 공격할 거예요. 그린코드가 통할 것 같으면 이렇게 대담하게 쳐들어오지도 않았겠죠.”

브라더가 나를 막아섰다.

“창문에선 도저히 위치 식별이 안 돼요. 이제 겨우 한 놈이에요. 열다섯 명이 동시다발적으로 쳐들어오면 집 안에 있으나 밖에 있으나 그게 그거고요. 김준열을 끝장내야 남은 열네 명이 겁이라도 먹죠.”

브라더를 설득할 마음은 없었다. 이미 나는 현관 문고리를 돌리는 중이었으니까. 영화 속 민폐 조연처럼 비명이나 지르고 빈방으로 숨어들고 싶지 않았다. 나는 만류하는 브라더의 손을 가볍게 밀어내고 사주를 경계하며 집 밖으로 나섰다. 삼촌이 알려준 대로 어깨와 양손이 삼각형을 이루었는지는 잘 모르겠다. 문제는 빠른 판단과 정확성일 터였다. 어둠이 눈에 익길 기다리며 주변을 훑었다. 푸쉬쉬, 푸쉬, 쉬쉬쉬익. 그때 담장 밖에서 제법 큰 소음이 들렸다. 남자의 굵은 음성과 빠른 발소리도 섞여났다.

"잉잉의 목소리예요. 살아 있었나 봐요. 곧 조명탄이 또 터질 테니 그때를 노려야 해요."

등 뒤에 브라더가 흥이 난 목소리로 말했다. 그의 말대로 곧이어 담장 밖에서 굉음과 함께 노란 섬광이 치솟았다. 일순간 눈앞이 환해지며 검은 옷을 입은 남자가 향나무 뒤에 웅크린 게 보였다. 갈고리 다섯 개가 붙은 가죽 끈을 손목에 만 그가 인상을 구기며 몸을 굴렸다. 창고로 향하는 통로 방향이었다. 나는 낮은 계단 세 개를 밟고 내려가 놈이 사라진 방향으로 몸을 돌렸다. 저만치에 이성조 시체와 삼촌의 트럭 그리고 나동그라진 손수레가 보였다. 놈은 찾을 수 없었다. 발이 빠르니 내 눈을 속였을 수도 있었다. 온몸의 감각을 끌어올리려 심호흡을 했다. 흙과

풀 냄새와 머스크 계열의 스킨 냄새가 났다. 다시 한번 숨을 깊이 들이마셨다. 스킨 냄새가 짙어진 느낌이었다. 하지만 방향이 틀렸다. 등허리에 뜨거운 통증이 파고들었다. 놈은 어느샌가 다시 향나무로 돌아간 거였다.

"브라더, 문 닫아요."

나는 앞으로 고꾸라지며 소리 질렀다. 놈이 가죽 끈을 당기는지 살을 파고든 갈고리에 몸이 들썩거렸다.

"정진만 만나러 왔더니 정지안이 마중을 나왔네. 너희 삼촌은 안녕하시니?"

김준열이 이죽거리며 다가왔다. 이대로 몸을 뒤집으면 비조가 더욱 깊이 박힐 거였다. 고통도 배가 될 터였다. 하지만 제자를 넷이나 살해한 놈에게 희생되는 것보다는 나았다. 나는 어금니를 깨물며 몸을 돌렸다. 김준열이 조금 놀란 표정으로 나를 바라봤다.

"넌 지금 니가 한 말이 패드립인 줄 모르고 뒤지겠지."

놈을 향해 차갑게 일갈하고 방아쇠를 당겼다. 총 앞에선 모두가 평등해진다. 연쇄살인범도 예외는 아니었다. 김준열은 총알이 박힌 명치를 누르며, 정지화면 같은 표정으로 나를 바라봤다. 묘한 쾌감이 느껴졌다. 둘 중 한 명은 반드시 죽는, 50퍼센트의 확률에서 살아남은 거였다. 상대는 육상선수 출신의 연쇄살인범이고, 나는 평범한 여대생이었다. 일반적인 상황이었다면 나는 죽고 그는 쾌락을 맛보았으리라.

"지안 씨! 살아 있어요?"

브라더가 호들갑을 떨며 달려 나왔다. 그는 내 겨드랑이 사이에 손을 끼워 일으켜 세우곤 비조를 하나씩 뽑았다. 타는 듯한 통증이 신경을 파고들었다.

"한 발 더 쏴요. 저놈 저거 생눈 떴어."

브라더가 놈을 흘깃 바라보곤 내게 속삭였다. 나는 첫 발보다 좀 더 여유롭게 놈의 가슴께를 명중시켰다. 브라더가 나를 부축해 집 안으로 데려갔다.

"진짜 아프네요. 흉 지겠죠?"

그 와중에도 이제 비키니 수영복은 다 입었겠구나 하는 생각이 들어 피식 웃음이 나왔다.

"희망이 보여요. 담장 밖 상황 좀 봐요."

브라더가 노트북에 담장 밖 CCTV 화면을 띄우며 말했다. 놀라운 광경이 벌어졌다. 닫혀 있던 KT올레 마티즈 뒷문이 열려 있고 방검복을 입은 사내가 살인자들과 일전을 벌이는 중이었다. 화질이 나빠 뚜렷하진 않지만 각이 진 얼굴에 눈썹이 짙은 사람이 소총을 발사하는 것 같았다. 죽었는지 살았는지 묘연했던 잉잉이었다.

"실시간으로 지켜본바, 이 형님은 A/S기사들과 함께 여기 왔던 거 같아요. 이성조 일당이 도착했을 때 바로 튀어 나왔으면 후발대를 일망타진할 수 없었겠죠. 전원이 모일 때까지 차 안에서 기다렸던 거예요."

삼촌은 잉잉, 그러니까 그림자 선생을 믿을 만한 사람이라고 했다. 그러니 살인자들은 그에게 맡기고 나는 내 할 일을 하기로 결심했다. 창고 안 쥐새끼를 박멸하기로. 나는 공구선반에서 검은색 라커스프레이를 꺼냈다. 그걸로 CCTV가 설치된 부엌의 화재감지기에 뿌렸다.

"뭐 해요? 와서 같이 봐요. 완전 영화야, 블록버스터 영화."

브라더가 노트북에서 시선을 떼지 못하고 말했다.

"네, 뭐…… 그냥, 배정민이 감시하고 있을 거 같아서."

나는 말을 얼버무리고 소파로 갔다. 의식을 잃은 민혜의 발치에 놓인 권총을 바라봤다. 티셔츠를 들어 내 권총을 허리춤에 꽂고 민혜의 것을 대신 손에 쥐었다. CCTV에 정신이 팔린 브라더는 내가 무슨 결심을 하고 어떤 행동을 하는지 모를 것이다. 안다면 한사코 말릴 테니 최대한 조용하고 깔끔하게 처리해야 했다. 나는 발소리를 죽여 부엌 뒷문으로 걸어갔다. 조심스레 문고리를 비튼 뒤 창고로 향했다. 정맥 스캐닝을 하고 비밀번호를 눌러 두 개의 도어록을 해제했다. 걱정은 내려놓았다. 내겐 정진만의 피가 흐른다.

*

창고는 엉망이 되어 있었다. 수백 정의 권총과 소총, 독극물과 도검이 뒤엉켜 있었다. 피와 광기에 젖은 정민이 나를 마주 보며 꿀떡꿀떡 생수를 들이켰다.

"너 깬다, 정지안."

정민이 빈 생수병을 공중에 던져 발로 차버리고 내게 다가왔다.

"뭐가 깨는데?"

"아까 너 총 쐈잖아. 여자가 뭐 그렇게 드세냐? 아우, 정 떨어져. 아…… 아차!"

내게 다가오던 정민이 걸음을 멈추더니 겅둥겅둥 뛰어 간이 의자 위에 벗어놓은 셔츠를 집어 들었다. 그가 아차 했던 건 볼펜형 카메라였다. 시키는 건 참 열심히 하는 놈이었다.

"뭘 그렇게 열심히 찾아? 남의 집 창고에서."

나는 민혜의 권총을 정민에게 겨냥하고 물었다. 그가 폭발하듯 웃음을 터뜨렸다.

"씨발, 진짜 너까지 내가 빙다리 핫바지로 보여?"

"네가 우리 삼촌한테 한 일 다 봤어. 어차피 죽을 각오로 들어온 거니까, 끝까지 가자."

내 말에 정민의 한쪽 눈썹이 강한 경련을 일으켰다.

"꺼져, 시간 없어."

정민이 찾고 있는 킬러들의 신상 정보 파일이 어디 있는지 짐작이 되었다.

수능을 얼마 앞두지 않은 늦가을이었다. 생리통 탓에 이른 새벽, 잠에서 깬 나는 진통제를 찾으러 거실로 나왔다. 아랫배가 뭉근하게 아프고 손발이 시렸다. 뜨거운 찜질팩이라도 대고 있지 않으면 잠을 이룰 수 없을 것 같았다. 찜질팩은 삼촌이 자는 안방 다용도실에 있을 터였다. 나는 서랍에서 타이레놀을 꺼내 물 없이 삼키고 안방으로 향했다. 발소리를 낮춰 다가가 방문을 열었다. 아슴푸레한 어둠 속엔 빈 침대와 얌전히 개어놓은 이불만 있었다. 분명 잠들기 전에 본 삼촌은 거실 TV 앞에 앉아 엑스박스로 포트나이트를 하고 있었다.

삼촌이 창고 작업실에 있을지 모른다는 생각이 들었다. 평소대로라면 찜질팩에 온수를 채워 그냥 내 방으로 향했을 터였다. 하지만 왜인지 그날은 삼촌을 봐야 안심이 되어 잠이 올 것 같았다. 나는 잠자리를 비운 삼촌을 찾아 잠옷 바람으로 부엌 뒷문을 열었다. 어둠 속에서 어둠보다 더 짙은 그림자 하나가 어른거렸다. 삼촌이었다. 그는 집과 창고를 잇는 사잇길에서 열심히 삽으로 흙을 떠내고 있었다. 헛둘 헛둘 구령까지 실어가며 땀을 흘리는 걸 보면 꽤나 고된 일이구나 싶었다.

"삼촌, 뭐 해?"

내 뜨거운 숨결이 차가운 새벽 공기로 퍼지며 아스라한 김이 피어났다.

"이 시간에 넌 뭐 하는 거야?"

삼촌은 자신의 무릎 높이만큼 깊은 구덩이에서 걸어 나왔다. 그는 파낸 흙무덤 위에 삽을 꽂아놓곤 발을 굴러 흙을 털어냈다.

"난 배 아파서 깼지. 삼촌은 안 잤어?"

내 물음에 삼촌이 휑하게 빈 정수리를 쓰다듬으며 장화를 벗었다.

"보다시피."

"뭐 하는 건데?"

"일단 들어가자. 당 떨어진 거 같아."

그는 부엌으로 들어와 식탁 의자에 앉았다. 후, 깊은 숨을 내쉰 삼촌이 쌍꺼풀 진 서글서글한 눈으로 나를 바라보았다.

"앉아봐."

나는 삼촌이 시키는 대로 맞은편 의자에 앉았다. 그가 식탁 위 라탄바구니에 담아놓은 사탕 하나를 꺼내 입에 넣었다.

"앉았으니 말해. 밖에서 뭐 한 건데?"

"일종의 의식 같은 거."

"땅 파는 게 도대체 무슨 의식인데? 이상한 점집 다녀?"

내가 다그치듯 묻자, 삼촌이 아드득 소리 나게 사탕을 씹어 삼켰다.

"우체국 직원 동생이 이번에 수능을 본대. 재수라나 봐."

"그래서?"

"우체국 직원의 아버지는 절에 다니는데 삼천배를 하고 어머니는 교회에 다니며 매일 새벽기도를 한대."

삼촌의 표정은 진지했다.

"음…… 혹시 모를까 봐 말해주는데 수능은 수업에 집중하고 교과서 위주로 공부하면 잘 보게 돼 있어. 대자연을 상대로 몸을 혹사할 필요가 없단 얘기지. 날 믿어도 좋아."

내 말에 삼촌이 킬킬 웃음을 터뜨렸다. 그는 피에로처럼 과장되게 눈썹을 올리며 의자에서 일어나 귀엽다는 듯 내 머리를 쓰다듬었다. 그러고는 찜질팩을 찾아 내게 안겨주곤 다시 장화를 신었다.

"널 믿어. 너도 너를 믿는 나를 믿어봐."

삼촌은 그 후 줄곧 시치미를 뗐다. 하지만 알고 있었다.

내 만류에도 불구하고 그는 매일 밤 거친 숨을 몰아쉬며 신실하게, 기도하듯 땅을 팠다는 걸. 삼촌은 이따금 땅을 판 자리에 서서 쿵쿵 발을 굴렀다. 수능이 끝나자 파낸 흔적이 완전히 사라졌다. 봄엔 잔디를 사와 촘촘하게 심고 내가 좋아하는 금잔화도 몇 포기 심어놓았다. 숭고한 의식을 치르며 성전을 기리듯, 삼촌도 나도 그곳을 볼 때마다 숙연한 표정을 짓곤 했다. 돌이켜보면 이 집에서 가장 수상쩍은 곳은 창고였고 두 번째로 수상쩍은 곳은 바로 삼촌이 팠던 구덩이였다.

"배정민, 네가 찾는 거 여기 없어."

내 말에 정민이 볼썽사납게 구긴 미간을 펴며 다가왔다. 나는 부러 권총 쥔 손을 요란하게 떨었다.

"그럼 어디 있는데?"

정민이 물었다.

"내가 말해줄 거 같아?"

겁먹은 것처럼 목소리를 쥐어짜냈다. 녀석의 표정이 이내 부드러워졌다.

"바빌론에 얘기해서 넌 살려줄게. 나 그 정도 발언권은 있어. 바빌론이 원하는 것도 네 목숨이 아니라 머더헬프 폐점이니까."

정민이 한껏 누그러진 얼굴로 바짝 다가와 내 권총 총열을 꽉 움켜쥐었다. 이쯤에서 울음이 터져줬으면 좋겠는데, 아무리 슬픈 생각을 해도 독기만 치솟았다.

"정말…… 그럴 수 있어?"

나는 목소리만이라도 울먹이는 척하려 애썼다.

"내가 너 좋아했잖아. 아니, 지금도 좋아해. 그러니까 그건 이리 내."

나는 손에 힘을 풀었다. 정민이 내 권총을 빼앗고는 회심의 미소를 지으며 나를 끌어안았다. 역겨운 체취가 온몸을 파고드는 것 같아 숨을 참았다. 복수란 본디 참고 참고 참다 터지는 압력솥의 증기 같은 것이리라. 거대한 압력이 뿜어내는 수증기엔 오래 참아 속살까지 허물어진 쌀알의 시취가 달큰하게 배어날 터였다.

"착하다, 정지안. 진즉에 나한테 붙었어야지. 그래, 파일은 어디 있는데?"

정민이 내 귀에 소곤거렸다.

"창고 앞, 잔디밭 아래. 삼촌이 묻는 걸 봤어."

내 말이 떨어지기 무섭게 정민이 내게서 가져갔던 권총을 나한테 조준했다. 예상했던 대로였다.

"너 갑자기 왜 이래? 살려준다고 했잖아."

그렇다면 나도 준비한 대사를 꺼내놓을 때였다.

"누가 죽인대? 넌 땅 파야지. 목숨값을 해야 나도 바빌론에 할 말이 있을 거 아냐."

정민은 턱짓으로 창고 한구석에 세워놓은 삽을 가리켰다. 나는 종종걸음으로 삽을 들고 돌아왔다.

"정말 안 쏠 거지?"

"한 번만 같은 질문 더 하면 장담 못 해. 앞장서."

나는 삽을 든 채 창고문을 열었다. 그러고는 삼촌이 열심히 구덩이를 팠던 자리에 서서 삽날을 밀어넣었다. 멀리서 총성과 비명이 들렸다. 이제 몇 명이나 살아남았을까.

"꾸물거리지 말고 팍팍 좀 파. 시간 얼마 없어. 자정까진 보고해야 한다고. 잉잉 오기 전에 끝내야 해."

이를 악물었는지 발음이 뭉개진 정민의 목소리가 등 뒤에서 들렸다. 하지만 서두를 필요 없었다. 배정민이라는 검은 개의 가장 소중한 것은 이제 내 손안에 있으니 말이다.

"잠깐만, 갑자기 밖이 왜 이렇게 조용하지? 안 되겠어, 다시 창고로 돌아가자."

정민이 총구로 내 등을 쿡쿡 찌르며 물었다. 멀리서 들리던 총성이 멎은 지 5분여. 한 발의 총성이 바로 집 근처에서 울렸다. 살인자들을 섬멸한 잉잉이 담장을 넘었다는 의미였다. 이제 나도 참고 참고 참았던 것을 터뜨려야 했다.

"좆까."

나는 허리춤에 숨겨두었던 권총을 꺼냈다. 정민이 엉거주춤한 자세로 나를 향해 겨냥한 권총의 방아쇠를 당겼다. 하지만 그건 민혜의 권총이었다. 그녀의 권총엔 발사될 총알이 없었다. 나는 여유롭게 그의 이마를 향해 가늠좌와 가늠쇠를 맞춘 뒤 방아쇠를 끝까지 당겼다.

따뜻한 살점이 공중에서 부서졌다. 권총을 손에서 내려놓고 그대로 털썩, 누군가에게 안기듯 구덩이에 누웠다. 폭신하고 축축한 흙의 감촉이 등허리를 감쌌다. 밤하늘은 당장이라도 쏟아질 듯 그렁하게 별을 담고 있었다. 놈이 가장 소중하게 생각하는 것, 목숨을 앗았다. 이제야 피곤이 몰려왔다.

나는 구덩이에 누운 채 소음에 귀를 기울였다. 다급한 발소리와 브라더의 환호성, 후텁지근한 초여름 밤공기 사이를 누비는 모기의 날개 소리까지 선명했다. 그때 집 부엌 뒷문이 열리는 소리와 함께 묵직한 발소리가 났다.

"정지안, 잘 들어. 우린 큰 집의 문 안에서 살 수 없게 됐어."

감은 눈두덩 위에서 삼촌의 목소리가 들렸다. 당장이라도 눈을 뜨고 손을 뻗으면 삼촌이 잡힐 것 같았다. 환청일 터였다. 죽은 삼촌이 돌아올 리는 없을 테니. 눈을 뜨면 처참한 정민의 시체가 기다릴 것이었다.

"삼촌……."

부르면 대답할 것 같은 그 이름을 뱉어보았다.

"응, 그래 삼촌이야. 잉잉 말만 믿고 비트코인에 투자한 게 실수다. 하지만 난 여기도 충분히 좋아."

환청이 아니었다. 특유의 체취와 공기의 울림, 내가 21년간 들어온 정진만의 목소리였다. 굵고 단단한 손이 내 등허리를 받쳐 번쩍 안아 올렸다. 조심스럽게 눈을 떴다. 거슬한 수염이 내 빰을 간질였다.

"죽었잖아, 삼촌은."

내 말에 대꾸 없이 삼촌은 서푼서푼 걸음을 옮겼다. 부엌 뒷문을 열고 집 안으로 들어서자 새로운 얼굴들이 보였다. 턱이 각진 잉잉, 아무리 기다려도 오지 않던 경찰 김윤호가 쓰러진 가구와 살림살이를 정리하고 있었다.

"내려놓고 설명해봐."

내가 허공에서 발을 구르자, 삼촌이 머쓱해하며 자세를 낮췄다.

"시체들이랑 창고는 옐로 코드가 정리해줄 거야. 그리고…… 나머진 설명이 좀 길어지는데."

나는 죽어 화장까지 한 삼촌과 그의 친구들을 톺아봤다.

"어떻게 부활했는지부터 말해봐. 뚱딴지 같은 거짓말엔 이제 안 속아."

삼촌이 자신의 티셔츠 앞섶을 양손 엄지손톱으로 구기

며 머뭇거렸다. 그때 경찰 김윤호가 손을 들었다.

"제가 간략하게 말씀드릴게요."

윤호는 날밤처럼 말끔한 얼굴로 해맑게 웃었다. 훈남 따위 믿을 게 못 된다는 걸 깨달은 터라 나는 고개를 틀었다.

"삼촌이 설명해줘야지, 안 그래?"

내 닦달에 삼촌은 머리에 키를 쓰고 소금 구하러 다니는 아이처럼 쪼뼛거렸다.

"하…… 화내지 마. 만에 하나 네가 진짜 위험해질 걸 대비해서 잉잉한테 보초도 서게 했잖아."

삼촌의 목소리가 기어들어갔다.

"나 등에 갈고리 걸려서 피 콸콸 쏟아진 뒤에야 작전 개시했는데?"

"아닐걸. 엄밀히 말하면 바로 직전에 조명탄 쏜 게 개시라고."

"삼촌은 변명만 하는구나?"

"설명을 하는 거지."

"납득이 돼야 설명이지!"

우리가 설전을 주고받는 사이 김윤호와 잉잉은 어쩔 줄 몰라 하며 서성거렸다. 그때 현관문이 열리며 브라더가 뛰어 들어왔다.

"밖에 옐로코드 응급팀이 와서 민혜 누나 치료 부탁하

고 왔어요."

나는 브라더를 흘겼다. 그토록 긴박한 상황에서 왜 한마디 언질도 하지 않은 것인지 원망스러웠다.

"지안 씨, 저랑 민혜 누나도 몰랐어요. 속았다니까요. 앞으로 똑똑히 기억해두세요. 이 형님 뒤통수치는 체질이라는 거."

브라더가 삼촌의 옆구리를 향해 장난스럽게 주먹을 내질렀다. 삼촌이 고개를 조아린 채 브라더에게 어줍은 발길질을 했다.

"이렇게 해서 삼촌이 얻고 싶었던 게 뭐였어?"

내가 젖은 눈을 들어 삼촌을 바라봤다.

"너와 내 친구들을 지켰잖아."

할리우드 영화처럼 그런 한마디에 모든 앙금이 녹아내려 삼촌의 품에 안기는 일은 없었다.

"한숨 돌리고 얘기들 합시다, 네?"

브라더가 인원수대로 컵라면 물을 안치겠다 말하며 의자를 내어줄 때까지도 삼촌의 시선을 피했다. 물이 끓고 면이 익는 동안에도, 갑작스레 허기가 몰려와 낯선이들과 이마를 마주 대고 허겁지겁 컵라면을 먹는 동안에도 말이다.

"누가 우리를 삼촌에게서 빼앗으려고 했는데?"

배가 부르자 배신감이 한풀 누그러졌다. 삼촌의 컵라면

용기엔 식은 면이 고스란히 불어 있었다.

"운명?"

천연덕스러운 대답에 식탁 아래로 삼촌의 정강이를 걷어찼다.

삼촌은 살인자들과 일하는 게 싫었다. 죄 없이 사람을 죽이는 일에 동조하고 싶지 않았다. 하지만 코드를 부여한 이상 동업자로서 충실해야 했다. 그는 은퇴 이후의 삶을 늘 고민했다. 나와 중국 샤먼으로 이민 가 진짜 잡화상을 하고 싶었다고 했다.

"샤먼은 큰 집의 문이라는 뜻이래. 사실 내가 갑자기 죽거나 몸을 숨겨야 할 일이 생기면, 잉잉한테 너를 거기 데려가라고 부탁했어. 그것도 비트코인 떡락하기 전 얘기지만."

내 전공을 중어중문으로 밀어붙인 것도, 민혜에게 중국어를 배우기 시작한 것도, 삼촌의 미래 계획 중 일부였다. 그리고 한창 가상화폐가 호황일 때 삼촌은 금융업자이자 킬러인 잉잉에게 큰돈을 투자했는데 그것 역시 노후 준비였다.

"무엇보다 살인자들이 점점 대담해졌어. 옐로코드까지 동원해서 사건 현장도 말끔히 지우고 매장까지 해버리니 세상 무서울 게 없어진 거지. 방법은 점점 더 엽기적으로 변해갔고, 유치원생과 초등학생들도 희생됐어. 도려낼 방법을 찾아야 했지."

그때 삼촌의 눈에 띈 건 머더헬프에 해킹 코드를 심어놓은 어수룩한 해커였다. 삼촌은 일부러 보안을 풀어놓고 놈이 클릭해서 다운 받도록 자극적인 제목의 게시물에 첨부파일 하나를 올렸다. 해커의 노트북에 해킹 프로그램을 심은 거였다. 정민의 말대로 그는 '스마트한 분'이셨다. 삼촌은 오랜 친구이자 고객인 익수를 내세워 베일의 대리인인 척 바빌론에 머더헬프닷컴의 와해를 의뢰했다. 그는 가상화폐로 계약금을 입금하고 정민을 집행관으로 요구한 뒤 때를 기다렸다.

"내가 아는 해커 중에 가장 멍청한 놈이었거든. 어떻게 나한테 당할 수 있는지, 원."

삼촌이 헛웃음을 터뜨리자, 곁에 앉은 다른 사람들도 조용히 미소 지었다.

정민은 멍청한 놈의 대명사답게 삼촌을 찾아와 몇 마디 겁을 주었다고 했다. 세계 최고의 해커인 자신이 머더헬프를 해킹했고, 당신의 정체를 이미 다 알고 있으니 바빌론 밑으로 들어오는 게 좋을 거라는 엄포였다. 물론 정색을 하며 모르는 척했지만 삼촌은 능구렁이답게 기묘한 여지를 남겨두었다. 그리고 얼마 지나지 않아, 바빌론은 익수에게 잔금 대신 정지안의 납치 협박 동영상을 요구했다. 한국에선 선뜻 그 일을 도맡을 킬러가 없으니, 직접 해결하란 의미였다.

"익수는 너한테 죄책감을 갖고 있었어. 겨울에 손 가지고 찾아온 거 기억나지? 어떻게든 갚고 싶어 했던 거 같아. 사실 바빌론에 얼굴까지 공개하면서 나서는 건 어려운 결정이었을 거야."

내 오디션 동영상을 손에 넣은 바빌론은 정민에게 새로운 미션을 던졌다. 삼촌은 자신을 찾아온 풋내기 앞에서 메소드 연기를 펼치며 그가 속아넘어가주기를 바랐다. 그리고 멍청한 놈의 대명사는 삼촌의 죽음을 눈으로 직접 확인하지도 않은 채 네발로 기어 집을 떠났다.

"그럼 삼촌 시체는 뭐야? 여기 김윤호 순경께서 직접 보여주신."

나는 안치실에서 본 삼촌의 시신을 떠올렸다. 차갑게 식은 그의 얼굴은 정말 죽은 사람처럼 보였다.

"제가 잠시 설명드릴 수 있을까요?"

브라더가 후식으로 끓여 온 밀크커피를 마시던 윤호가 다시 끼어들었다.

"조직을 배신하고 무기 밀매상과 손을 잡은 부패 경찰이 접니다. 최초 신고자도 허위였고, 안치실 온도도 제가 조절해놨고, 사망증명서 위조도 협조했어요. 화장장에 모셔 갈 무연고자 시신을 확보한 것도 저, 형님을 여기까지 안전하게 모시고 온 것도 저고요."

윤호의 표정은 매우 뿌듯하고 자랑스러워 보이기까지 했다. 그는 경찰이 되기 전에 정보원인 퍼플코드였다고 했다.

"정보원 전엔 최연소 킬러였죠. 진만 형님이 진로를 바꿔주셨어요. 어린 놈이 총질이나 하면 못쓴다고, 강제로 코드를 변경해버리셨죠. 그러다 갑자기 노량진으로 불러내서 학원을 등록해버리더라고요. 물어보고 한 것도 아니었어요. 그냥 무조건, 넌 경찰이 되어야 해, 그래야 우리도 큰 판에서 한번 놀지, 하셨죠."

윤호가 유쾌하게 웃었다. 삼촌이 자랑스럽다는 눈빛을 보내며 엄지를 치켜들었다.

"그런데요, 여러분. 다들 깜빡하신 거 같은데 머더헬프 주인은 이제 저예요. 브라더, 맞죠?"

나는 이들의 목숨을 건 우스꽝스러운 놀이를 끝내야 했다. 브라더가 난처한 표정으로 삼촌과 잉잉, 그리고 윤호를 바라봤다.

"그건 그런데, 아까 상황상……."

브라더의 말에 모두가 고개를 주억거리며 시선을 내게 모았다. 그때 삐그덕, 현관문이 열렸다. 총을 갖고 있던 삼촌과 잉잉, 윤호가 전광석화처럼 현관을 향해 총구를 겨눴다. 민혜였다.

"무슨 얘기 중이길래 다들 심각해요?"

한 팔엔 깁스를, 한쪽 다리엔 붕대를 감은 민혜가 테이블에 합류했다.

"앉아봐, 민혜야. 얘가 말야, 내 조카 정지안 말이 자기가 머더헬프 주인이래. 이제 겨우 총 세 발 쏴본 애가 겁도 없어."

삼촌의 말에 민혜가 어깨를 으쓱해 보였다.

"이 일, 원래 겁이 없어야 하는 거잖아요. 게다가 피는 우리 여자들이 흘렸고."

뜻밖에도 민혜가 내 편을 들고 나서자, 삼촌이 동그란 눈을 복어처럼 크게 뜨고 나를 바라봤다. 머지않아 바빌론은 이번 공작 사건의 전말을 파악할 터였다. 삼촌은 여전히 살아 있고, 늘 위험 요소로 잔존해 있던 살인자들은 제거되었다. 집행관으로 임명한 정민이 어처구니없이 일반인에게 살해되었으며, 머더헬프의 결집력은 더욱 공고해졌다는 게 전파될 터였다.

"바빌론 관계자 중에 한국 상주 인원은 파악했어요?"

내 물음에 삼촌이 볼살이 흔들리게 고개를 가로저었다.

"잉잉, 넌 아냐?"

“형, 나랑 민혜는 중국인이잖아!”

가만히 듣고만 있던 잉잉이 손을 내저었다.

“그러게, 내가 뭘 믿고 중국인한테 투자를 했을까.”

삼촌이 그를 믿을 만한 사람이라고 큰소리쳤던 건, 그가 가상화폐로 큰돈을 벌어주리라 믿었던 잠시뿐인 모양이었다.

“현재로선 파악하기 어려워요. 반타블랙웹 본진은 해외에 있지만, 아시아에 자금을 대며 칼잡이들 중심으로 점조직을 이뤘어요. 일반 조폭하고 다르게 철저히 프렌차이즈 개념으로 움직이죠. 거점별로 점장도 있고, 자체 영상편집자랑 고문 기술자, 개발자, 의료진까지 데리고 있대요. 오늘 죽은 살인자들 중에도 몇 명은 점조직의 일원이었을 거예요.”

윤호가 말했다. 그의 말대로라면 후폭풍도 상당할 터였다. 정민의 영상이 눈에 아른거렸다. 삼촌의 굳은살 배긴 손과 수없이 옹이 진 흉터들. 그를 이대로 전장에 세워놓다간 머지않아 그날의 연극이 현실이 될지 몰랐다.

“삼촌, 설마 거기까지 생각 안 한 건 아니지? 대책 세워놓고 움직인 거지?”

내 물음에 삼촌이 뒷목을 득득 긁었다. 내게 뭔가 미안할 때마다 하던 습관이었다.

"진만 씨, 이렇게 된 거 우리 확장 이전 하는 건 어때요? 가게 바꾸고, 간판 바꾸고, 사장도 바꾸고."

민혜가 나를 바라보며 하얀 앞니를 드러냈다. 그녀가 웃는 모습은 처음이었다.

"자, 잠깐만. 우리 사업은 애들 소꿉장난이 아니야. 정지안, 너 왜 고개 끄덕거려?"

삼촌이 목에 핏대를 세웠다.

"끝까지 나를 끌어들이지 말던가?"

"언제까지나 비밀로 할 순 없잖아."

"그럼 말로 해야지, 4D 체험시킬 필요 있었어?"

"정지안, 잘 들어. 그건 어디까지나 완벽한 계획하에……."

"삼촌, 잘 들어. 삐끗하면 인생 골로 가는 거야. 난 이미 한쪽 발이 빠졌고, 이제 이건 삼촌과 나의 비즈니스야."

우리의 말싸움은 실력이 비등한 선수의 탁구 시합처럼 이어졌다. 비 오는 어느 한낮, 아빠의 트럭에서 발을 구르고 고함을 지르며 성을 내던 우리는 여전히 서로를 얕보았다. 삼촌은 퉁퉁 분 면발을 후룩후룩 삼키며 성을 냈다. 나는 눈을 흘기고 혀를 내밀고, 삼촌의 배를 손바닥으로 치며 맞받아쳤다. 누군가는 하품을 했고, 누군가는 잠이 들었다. 집 밖에선 부지런한 옐로코드들이 자루에 시신을 담아 옮기느라 분주했다. 무기 밀매상과 그의 후계자, 죄 없는 이와 죄 많은 이들의 시체, 그리고 다국적 킬러들의 밤이 흘러갔다. 누군가는 패배해야 아침이 밝을 터였다.

"정지안, 논리적으론 내가 옳지만 이번만 져주는 거야."

"삼촌, 논리적으로도 내가 옳은 거라니까?"

"아, 잠깐! 숨 좀 돌리고 계속해."

삼촌이 식탁에서 일어섰다. 그는 콧등에 맺힌 땀을 닦아내곤 창밖을 바라보느라 등을 돌렸다. 거대한 땅콩처럼 보이는 남자의 어깨가 파르르 떨리다 이내 들썩였다.

"삼촌, 혹시 울어?"

나는 티슈 몇 장을 뽑아 그에게 다가갔다.

"설마, 내가? 나 정진만이 운다고? 말도 안 돼. 재채기 나오려는 걸 참은 거야."

삼촌이 천진하게 웃으며 내 어깨를 감싸 안았다. 그의 눈자위가 붉었다. 열린 대문 너머에서 장화 신은 남자 둘이 우체국 직원의 시신을 옮기는 중이었다.

"자, 내 얘길 듣고도 계속 같이 하고 싶은지 생각해봐."

"좋아. 들어줄게. 해봐!"

잔디와 정원수들의 윤곽이 조금씩 뚜렷해지기 시작했다. 먼 산등성과 담청색 하늘 사이가 튼살처럼 하얗게 벌어졌다.

"보다시피 내 친구들은 우마 서먼이나 키아누 리브스처

럼 간지 뚝뚝 떨어지는 고독한 킬러가 아냐. 다들 부상으로 어디 한 군데씩은 장애를 갖고 있어. 항우울제나 신경안정제를 콩 주워 먹듯 해야 간신히 운전대 잡고 마트라도 갈 수 있지."

"삼촌, 난 킬러가 되려는 게 아니잖아!"

"난 그들의 일부야. 다르지 않다고. 수입을 일정 비율로 나누듯, 죄책감과 후유증도 의당 내 몫이 있어."

나뭇가지 사이로 새어든 볕이 광선검처럼 날카롭게 우리의 가슴팍에 내리꽂혔다. 어떤 말로도 나를 돌이킬 수 없다는 사실을 그는 알고 있을 거였다.

"나도 삼촌의 일부인걸."

삼촌의 수입과 죄책감과 후유증으로 성장한 내가 이제와 아닌 척, 모르는 척 살아갈 자신이 없었다. 삼촌이 해를 등지고 나를 살며시 끌어안았다. 우리는 아침 햇살 아래서 서로를 끌어안은 채 블루스를 추듯 휘청거렸다.

"넌 무슨 일이 있어도 나를 구하지 마."

삼촌이 속삭였다.

"영화 보면 꼭 이런 말 하는 사람이 사고 치더라."

"나도 너 안 구할 거야. 그러니 너도 구하지 말라고. 대답해, 정지안."

"그걸 꼭 대답해야 해?"

우리의 블루스는 끝났다. 선잠이 들었던 친구들이 기지개를 켰다. 창밖이 너무 환해 커튼을 쳤다. 사냥꾼에게 가장 여리고 소중한 것을 빼앗기지 않기 위해 올무에 직접 뛰어드는 어리석지만 착한 개가 세상에 있다는 걸, 세상 사람들은 모를 것이다. 송곳니가 으스러지도록 사냥꾼의 목덜미를 물어 숨통을 끊어놓은 개는, 올무를 끌고 집으로 돌아왔다. 그리고 가장 여리고 소중한 것을 핥으며 말했다. 대답해, 너는 이렇게 되지 않기로.

작가의 말

10년 전쯤 「살인자의 쇼핑목록」이라는 단편소설을 발표했다.

그때 친구 T에게 다음 작품 제목은 '살인자의 쇼핑몰'로 지어야겠다는 이야기를 했다. 살인자라는 다소 현실감 없는 군상들도 평범한 나와 이웃처럼 인터넷 쇼핑을 하고 커뮤니티에서 일상도 공유하는 세계가 있다면 재미있겠다는 생각을 했던 것 같다. 하지만 곧바로 원고를 쓰지는 못했다. 이미 계약된 작품들이 우선순위였고, 강의와 웹소설 그리고 웹툰 작업에 바빴다.

비로소 작년에야 제목만 지어놓은 소설을 원고지에 옮기기로 결정했다. 계약서를 작성하고 집으로 돌아와 작업을 시작하며 나는 흠칫 놀랐다. 생각보다 빨리 시놉시스를 완성한 데다, 습관대로 연습장에 캐릭터 스케치를 하는 데 별다른 막힘이 없는 게 신기했다. 아마도 나는 지난 10년간 아주 느리게 이 소설을 마음 어딘가에 끼적인 모양이었다.

어쩌면 정진만이라면 이렇게 말해줄지 모른다.

"강지영, 잘 들어. 세상엔 너 혼자 만족하고 끝나는 일이 아주 많아. 그러니 스스로 한 약속을 지켰다는 것에 자부심을 가져."

오래 묵혔지만 낡은 이야기가 아니길 바란다.

짧지만 작은 이야기가 아니길 바란다.

늘 함께해준 T, 열심히 엄마의 책을 독파해나가는 권에게 사랑의 마음을 전한다.

2020년 1월

강지영

살인자의 쇼핑몰

초판 1쇄 발행일 2022년 2월 14일
초판 4쇄 발행일 2024년 2월 5일

지은이 강지영
펴낸이 정은영

펴낸곳 (주)자음과모음
출판등록 2001년 11월 28일 제2001-000259호
주소 10881 경기도 파주시 회동길 325-20
전화 편집부 (02)324-2347 경영지원부 (02)325-6047
팩스 편집부 (02)324-2348 경영지원부 (02)2648-1311
이메일 munhak@jamobook.com

ISBN 978-89-544-4214-5 (03810)

옆집 우주의 킬러들
『살인자의 쇼핑몰』 오컬트 스핀오프
강지영 지음

진만과 지안은 이 도시의 가장 오목한 곳, 술과 정념과 카디비의 노래가 개숫물처럼 고이는 골목 끝에서 처음 만났다. 진만은 우산 없이 지방시 재킷을 적시는 부유한 사내였다. 그는 무기와 함정과 약물, 킬러 들을 사고팔아 이른 나이에 돈과 권력을 손에 쥔 거물이었다. 부모를 여읜 지 오래되었고, 형제는 없었다. 결혼과 출산은 상상조차 해본 적이 없는 삶이었다. 그러나 가끔은 자신을 닮은 혈육, 조카 정도는 있어도 좋겠다는 생각을 했다. 진만은 자신의 사업체 머더헬프로 벌어들인 돈을 모조리 호화로운 미식에 써버렸다. 그의 지인들은 살인자이거나 살인을 돕는 자, 그리고 요리하는 사람 들로 나뉘었다.

지안은 야상 점퍼에 스키니진을 입은 스물한 살의 프렌치 레스토랑 보조 요리사였다. 날카롭고 뾰족한 것을 유난히 잘 다루다 보니 자연히 요리사를 꿈꾸게 됐다. 부유한 가정에서 사랑받고 자랐다면 외과의사나 펜싱선수가 되었을지 모를 일이지만, 지안이 고를 수 있는 선택지가 아니었다.

지안은 남해의 작은 섬 해밀도에서 태어났다. 그녀를 키운 건 부모가 아닌 할머니였다. 아무도 부모의 행방을 알려주지 않았지만, 이따금 집으로 날아오는 우편물로 아빠가 중죄를 지어 교도소에 있다는 건 알 수 있었다. 할머니는 직업 없이도 근근이 먹고살았다. 간혹 쪽배를 타고 무인도로 나가 커다란 궤짝에 든 물건을 싣고 돌아오면 통장에 몇 달은 먹고 쓸 돈이 입금되었다. 지안은 궤짝 안에 든 물건이 꼭 랩으로 꽁꽁 싼 권총이나 기관총과 닮았다고 생각했지만 진짜 쓸모는 몰랐다.

지금 그녀는 이 도시에서 가장 은밀한 식당의 문이 열리길 기다리는 중이었다. 간혹 무채색 셔츠에 가죽 블레이저를 걸친 남자들과 가슴골이 훤히 드러난 스팽글 원피스 차림의 여자들이 취하거나 취한 척하며 골목을 어슬렁거리기도 했지만, 진만과 지안이 서 있는 컴컴한 담벼락 밑에 다가오는 일은 없었다. 수십 년간 발광하는 젊음을 받아낸 골목 끝 담벼락에는 동물성 유지처럼 끈적한 글씨체로 쓴 '투견주의'와 '섹스 금지', 과장해 그린 가위 같은 경고 문구가 행여 호기심 많은 몇몇 사람들마저 야멸차게 밀어냈다.

자정 무렵에 갑자기 시작된 안개비는 불과 10분 만에 부슬비로 굵어졌다. 우산을 쓴 지안은 견딜 만했지만, 구두까지 흠뻑 젖은 진만은 진저리 치듯 어깨를 떨며 재채기를 했다. 지안의 눈에 비친 그는 깔끔한 포마드 커트에 서양인처럼 오목한 눈과 가파른 콧대, 붉고도 도톰한 입술을 가진 미중년이었다.

진만과 지안은 주인에게 초대받은 사람만 입장할 수 있는 간이식당 '퀘이(愧)' 앞에서 문이 열리기를 기다렸다. 얼마 전 상경한 지안은 자취방을 얻으러 도시의 말단을 후비고 다니다 퀘이의 주인인 음영을 만났다. 그녀가 소개받은 옥탑방은 변두리 재래시장 근처에 제법 큰 데다 부엌도 있었지만, 앞을 가로막은 아파트 단지 탓에 하루에 해가 한 시간도 들지 않는 단점이 있었다. 몇 군데 더 빈방을 돌아보았지만 소득 없이 버스 정류장으로 발길을 돌린 그녀가 낯익은 얼굴을 발견했다. 장바구니를 든 초로의 사내, 음영이었다.

그는 매년 해밀도를 찾아가 지안의 동네에서 고등어와 전갱이를 발효시킨 어간장과 죽방 멸치를 사갔다. 그러고는 섬 아이들에게 직접 만든 쿠키와 혀가 물들지 않는 막대 사탕을 한 아름 선물하고 돌아가곤 했다. 하지만 택배로 하루이틀 만에 물건을 주고받을 수 있게 될 즈음부터는 발길이 끊겼다. 지안은 음영의 크고 둥그스름한 코와 있는 듯 없는 듯 얇은 입술을 또렷이 기억했다. 음영 또한 섬 아이들 중 유독 호기심이 많아 자신에게 종종 말을 걸던 지안을 잊지 않았다. 수년 만에 만난 둘은 정류장에 한참이나 서서 해밀도와 섬을 둘러싼 바다를 추억하며 반가움을 나누었다.

프렌치 레스토랑에 취직했다는 지안의 말에 음영은 한 달 뒤 자정께에 찾아오면 맛있는 한 끼를 맛보여주겠다는 말과 함께 뒷주머니에서 수첩과 볼펜을 꺼내 생선 뼈처럼 성기게 쾌이의 약도를 그려 그녀에게 건넸다. 그리고 약속한 시간이 찾아온 터였다.

“저기 그쪽, 계속 비 맞아도 괜찮아요? 입술 막 파랗고 그런데?”

먼저 말을 건 건 지안이었다. 바지 주머니에 양손을 꽂고 턱을 덜덜 떨며 비를 맞는 진만이 유기견 보호소에 갇힌 순혈 아프간하운드처럼 느껴져서였다.

“물론 안 괜찮지. 불쌍하면 그 우산 나한테 팔고 택시를 타든가, 저기 우산 든 얼간이를 유혹해보는 게 어떨까?”

진만이 손가락을 뻗어 전봇대 아래서 살이 미어진 우산을 들고 구토하는 청년을 가리켰다. 조카가 있다 해도 그리 상냥한 삼촌이 될 인물은 아니었다.

“고맙지만 사양한단 뜻으로 받아들일게. 오늘은 맛있는 걸 먹는 날이니까 화내고 싶지 않거든.”

진만 쪽으로 한 발짝 다가서 우산을 기울이려던 지안이 슬그머니 손길을 거둬들였다. 그때 야청색 라이더재킷에 플라워 패턴 원피스를 입은 여자가 종종걸음을 치며 골목을 뛰어왔다. 굽 낮은 워커를 신었지만 진만 정도로 키가 큰, 호리호리한 여자였다.

“늦어서 미안해. 택시가 안 잡혀서.”

여자가 들고 온 골프 우산을 진만에게 씌워주며 앞니가 드러나게 활짝 웃었다. 지안이 우산을 살짝 들어 올려 여자를 훔쳐보았다. 언뜻 삼십대 중반으로 보였지만, 옷차림과 메이크업은 십대 아이돌을 흉내 낸 특이한 스타일이었다. 모근 가까이 정교하게 이어붙인 회갈색 머리카락, 빳빳하고 숱 많은 속눈썹, 콧방울이 비대칭이 되도록 치켜세운 콧날과 주름 없이 반들거리는 입술까지, 여자가 가진 대부분의 것들은 과하게 번쩍거렸다.

"무슨 코드일까?"

여자가 지안 쪽으로 시선을 돌리자 눈동자 위로 새카만 서클 렌즈가 훌라후프처럼 한 바퀴 핑그르르 돌다 제자리를 찾았다.

"코드는 무슨. 흥정에 실패한 우산 장수지."

진만이 지안을 외면하고 여자가 든 우산을 넘겨받았다.

"듣자듣자 하니 너무하시네. 이봐요, 저 여기 초대받은 손님이거든요? 다른 손님 온단 얘긴 없었으니 어차피 두 사람은 오늘 못 들어가요. 더 말 섞기 싫으니까 좀 비켜주세요. 코드는 무슨 코드야."

지안은 저도 의식하지 못한 채 사나운 목소리로 일갈했다.

"왜 우리가 못 들어갈 거라고 생각하지?"

진만의 얼굴에 호기심 어린 미소가 감돌았다. 여자 역시 뭔가 깨달은 듯 그녀를 유심히 바라보았다.

"진만 씨, 틀린 말도 아닌데, 화내지 마."

여자가 지안에게 다가와 거절한 틈도 주지 않고 포옹을 했다.

"만나서 반가웠어요. 내 이름은 민혜라고 해요. 우리 또 볼 거야."

여자는 뒷걸음질로 지안에게서 떨어져 나와 진만을 향해 무어라 작게 속삭였다. 그러고는 홀연히 골목을 빠져나갔다. 꿉꿉한 공기, 부담스러운 시선, 오래 참은 공복감을 견딜 수 없어 집으로 돌아갈까 망설이던 순간, 귀에 익은 목소리가 지안을 멈춰 세웠다.

"이거 기다리게 해서 미안합니다. 광양에 다녀오는 길에 터미널 근처에서 섬초롱을 발견했지 뭡니까. 지금 아니면 봄까지 기다려야 맛볼 수 있는 나물이라 한 주먹만 캐고 만다는 게 이렇게 됐군요."

진만과 지안의 신경전에 불쑥 음영이 끼어들었다. 작은 배낭을 멘 그가 호주머니에서 열쇠를 꺼내 철문을 다물린 자물통에 꽂았다. 문을 연 음영이 몸을 돌려 지안에게 들어오라는 손짓을 했다.

"어서 와요. 오늘이 내가 만든 요리를 처음 맛보이는 날이군요."

음영이 진만과 지안에게 가벼운 목례를 하고 돌아섰다.

"이봐요, 나는 안 보입니까? 그리고 난 주방장의 음식을 먹으러 온 거요. 당신이 할 줄 아는 수준의 요리는 돈만 있으면 사 먹을 수 있으니까."

진만이 노여움으로 입술을 떨며 음영의 뒤통수에 쏘아붙였다.

어느덧 비는 가랑비에서 작달비로 거세졌다. 진만이 싸늘한 표정으로 지안을 물끄러미 바라보았다. 지안은 자신이 못 들어갈 거라고 했던 말이 신탁이라도 된 것처럼 들어맞았다는 생각에 마음이 개운치 않았다.

"진만 씨, 우리 주방장도 선생을 꽤나 그리워했답니다. 하지만 날이 날이니만큼 오늘은 그를 만날 수 없어요. 대신 이건 어떻습니까."

음영이 빗줄기를 맞으며 진만 앞에 다가섰다. 그의 말에 진만이 한쪽 눈썹산을 번쩍 들어올렸다.

"보름 후 이 시간 즈음 다시 들르세요. 그땐 분명 주방장이 있을 겁니다. 중원절이라 화교 지인 몇 사람들이 더 모일 텐데 불편하지는 않겠습니까?"

음영이 차분하고도 살갑게 물었다.

"나한테 무슨 선택권이 있는 것처럼 말하지 마시오. 젠장."

진만은 한기에 몸을 떨다 민혜가 사라진 방향으로 등을 돌렸다.

"주방장이 대단한 실력자인가 봐요. 아까 그 사람 엄청 실망한 눈치던데요."

지안의 물음에 음영은 대답 대신 머리의 물기를 털어내며 빙그레 웃고는 퀘이로 들어섰다. 그를 뒤따른 지안은 접은 우산을 문가에 세워놓고 조심스러운 눈으로 실내를 휘돌아보았다. 창고처럼 보였던 외관과 달리 실내는 눈물샘이 시큰하게 환하고 깨끗했다. 문의 궤적을 아슬아슬하게 비껴나간 위치엔 반들반들 길이 든 사인용 식탁 여섯 개가 놓여 있었고, 그 뒤로 조리대 전체가 무광 스테인리스인 오픈 키친이 전부인 공간이었다.

"여기선 요리사가 보이는 자리가 가장 상석이지요."

음영이 철문을 등진 자리의 의자 하나를 빼 지안을 앉혔다. 빳빳하게 다린 하얀 테이블보 가장자리에 산뜻한 서체로 부끄러울 괴 자가 적혀 있었다.

"아저씨, 아까 손님들이 찾던 주방장님은 어떤 사람이에요?"

주방에 들어간 음영이 팔꿈치까지 소매를 걷곤 수도꼭지를 비틀어 손을 꼼꼼히 씻었다.

"대륙과 반도를 통틀어 가장 뛰어난 중식 요리사일 겁니다. 짜장면을 처음 개발한 분이고, 돌연 절대 만들지 않게 된 분이기도 하죠."

지안은 짜장면을 절대 만들지 않는 천재 요리사보다 자신 앞에 선 음영에 더 관심이 갔다. 막연히 섬 손님으로만 알고 있던 그가 알고 보니 초능력에 가까운 능력을 가진 요리사란 사실을 최근에야 안 탓이었다.

"그래도 전 아저씨한테 궁금한 게 더 많아요."

퀘이에 오기 전 지안은 음영에 대한 정보를 샅샅이 훑어보았다. 그녀의 숄더백 안에는 여섯 개의 혀를 가진 사나이에 대한 찬사가 담긴 신문 기사와 잡지 인터뷰 스크랩이 들어 있었다. 기사에 따르면 보통 사람의 혀는 짠맛, 단맛, 신맛, 쓴맛 그리고 감칠맛 정도를 느낄 수 있지만, 이 사나이의 혀는 오원미에 한 가지를 더해 '요리사의 맛'까지 감지해 낸다고 했다. 숙련된 소믈리에가 와인 한 모금에 포도가 자란 토양과 그 지역의 강수량, 일조량 같은 걸 알아맞히는 것처럼, 사나이는 몇 번 씹기도 전에 조리한 사람의 외모와 성격, 사소한 취향까지 감지하는 신비한 혀를 갖고 있었다. 맛을 감지하는 유두Papilla와 미뢰의 크기가 보통 사람의 세 배에 가까운 데다, 이십만 종의 냄새를 감지하는 예민한 후각, 한 번 먹고 맡은 음식은 절대로 잊는 법이 없는 기억력이 사나이의 괴물 같은 미각의 원천이었다.

*

사나이의 재능은 신경관이 생성되던 태아기에 이미 완성되었지만, 그가 초등학교에 입학해 친구의 도시락 반찬을 뺏어먹기 전까진 아무도 눈치채지 못했다. 화교 요리사였던 부모는 그때까지 아이에게 한 번도 외식을 시킨 일이 없었고, 거대한 웍을 뒤흔들거나 대나무 젓가락을 휘두를 뿐 아이가 요리에 직접 손을 대는 경우는 아주 드물었기 때문이다.

여덟 살 소년이 친구의 반찬 통에서 콩나물무침 두 가닥을 집어 먹고 한 말은 '이건 비듬 맛이잖아'였다. 그러곤 얼른 젓가락을 옮겨 김치볶음을 입에 담은 뒤 ABC 포마드 냄새와 은반지 맛이 느껴진다고 투덜거렸다. 친구에게 흠씬 두들겨 맞은 소년은 얼마 못 가 혼자 도시락을 먹게 되었다. 짝은 매일 바뀌었지만, 그건 소년이 맛보아야 할 타인의 침과 피부 각질, 화장품과 체액 같은 것들이 점점 더 늘어난다는 것 외에 다른 의미가 없었다. 매년 새로운 담임과 만날 때마다, 그의 부모는 학교로 불려가 괴이쩍은 아들의 입맛에 대한 길고 지루하고 모욕적이기까지 한 지청구를 들어야 했다. 결국 소년은 중학교 진학을 포기했다. 대신 아버지에게 요리를 배우게 됐다.

배우게 됐다는 건 가르치고 있다고 믿는 아버지의 생각이었고, 소년은 오래전부터 조미료의 배합이나 반죽의 농도를 혀로 알아채고 있었다. 어느 순간부터 손님들은 아버지가 만든 것보다 소년이 만든 짜장면을 찾게 되었다. 아버지는 한숨 졸다가 내려야 할 정거장을 놓친 표정으로 소년에게 자신의 칼과 도마를 내주었다. 주방의 일부를 허락받은 소년은 언제나 증조부가 유품으로 남긴 붉은색 창파오와 테두리가 검은 마괘를 입고 요리를 했는데, 온통 좀이 슬어 구멍이 숭숭 뚫린데다 소매에는 돼지기름과 굴소스, 두반장 따위가 엉겨 붙어 더께가 진 초라하고 볼품없는 모양새였다.

그의 증조부는 임오군란 당시 광둥성에서 서울에 도착하기까지 한 달간 천 명 가까운 장정들에게 밥을 해 먹인 조리병이었다. 그는 전쟁이 끝난 후에도 고향으로 돌아가지 않고

인천에 정착해 본국을 정기적으로 오가는 범선과 여객선의 손님들에게 국수와 만두를 팔았다. 소년은 증조부의 창파오 자락에서 그의 고향 푸저우의 물오른 해산물과 사철 따뜻한 바닷바람, 노릿한 입담배 냄새를 느꼈다. 소년은 자신이 만든 요리에서 미미하게 느껴지는 독특한 향미가 창파오와 마괘에서 온다고 굳게 믿었다.

세월이 흘러 소년이 사나이라 불릴 만큼 성장했을 때, 그의 아버지는 여느 날과 다름없이 러닝셔츠 바람으로 춘장을 볶다 앞으로 고꾸라지며 의식을 잃었다. 병명은 뇌출혈이었지만, 안면에 입은 기름 화상 탓에 염증이 패혈증으로 악화되어 보름 만에 숨을 놓았다. 슬퍼할 새도 없이 식당과 어머니를 책임지게 된 사나이는 아버지의 러닝셔츠를 입고 그 위에 창파오를 걸친 뒤 다시 무쇠 웍을 손에 쥐었다. 일손이 줄었지만 따로 종업원을 고용하지는 않았다. 그는 자신의 체력이 허용하는 만큼 음식을 만들었고, 식은땀이 흐르거나 손목이 시큰거리면 식당 앞에 줄지어 선 사람들을 외면하고 자물통을 채웠다.

그럼에도 사나이의 독특한 옷차림과 기묘한 매력의 음식맛 덕분에 식당의 테이블 열 개는 전국 각지에서 몰려온 식객으로 비어 있을 틈이 없었다. 그의 식당은 한두 달에 한 번씩 잡지와 신문에 소개되었고, 그의 특별한 혀도 서서히 이름을 떨치게 되었다. 그러자 말쑥하게 양복을 차려입은 사내들이 식당을 찾아와 분점 계약서를 내밀기도 했고, 특급 호텔 주방장 자리와 중화요리연구소의 초대 소장직을 제안하기도 했다. 하지만 미각 외에 특출날 것 없는 사나이는 세상 물정에 어두웠다. 그는 양복쟁이들이 내민 백지수표나 제안서 따위가 자신의 인생을 어떻게 바꿔놓을지 고민조차 하지 않았다. 그는 양복쟁이들에게도 다른 손님과 같은 메뉴판을 들이밀었고, 주문을 하지 않으면 자리에서 밀어내고 다음 손님을 받았다. 그럴 때면 어디선가 그의 눈치 빠른 노모가 벼락같이 나타나 아들의 귓바퀴를 끌어당기며 고래고래 소리를 질렀다.

"잉잉! 부파 부시후오, 지우파 후오비우호."

잉잉은 그의 부모가 부르던 본토 이름이었다. 그리고 뒤따른 말은 물건을 감별하지 못하는 것을 두려워하지 말고, 물건 간에 비교되는 것을 두려워하라는 뜻의 속담. 하지만 사나이는 자신의 혀가 배고픔을 달랠 목적 이외의 것에 사용되지 않기를 바랐다. 그는 남이 한 요리로 통장을 불리는 일은 사업가의 몫이고 남의 요리에 가타부타 간섭하여 자신을 흉내 내도록 다그치는 일은 선생이 할 일이라고 생각했다. 무엇보다 그는 창파오 대신 말쑥한 양복이나 새하얀 조리사 복장을 하는 것이 탐탁지 않았다.

늘 주방 한구석에서 본토 말로 잔소리를 늘어놓으며 양파를 까던 어머니마저 죽자, 사나이의 손목엔 모친의 목걸이에서 가져온 녹송석을 펜던트로 한 팔찌가 감겼다. 여전히 그는 인천 차이나타운에서 열 테이블짜리 중화점을 운영하는 총각이었고, 특별한 사건이 없는 한 그곳을 벗어날 일은 없으리라 여겼다. 하지만 일 년 뒤, 사나이는 차이나타운을 떠나게 되었다. 그의 혀에 먹으로 칠한 것 같은 검은 반점이 돋아난 탓이었다. 오랜 세월이 흘러 혀를 내보이지 않고도 말을 할 수 있게 되었지만, 그는 예전처럼 아무 손님에게나 자신의 요리를 내어주지 않게 되었다. 아무도 알지 못했지만, 그의 검은 혀는 이제 손님의 감정까지 읽어낼 수 있게 되었다.

*

음영이 냄비에 물을 붓고 쿡탑 스위치를 돌렸다. 선반에서 도마를 꺼내는 그의 야윈 손목에 복사뼈가 유난히 톡 불거져 보였다. 지안의 눈에 비친 음영은 180센티미터 가까운 장신에 골격 또한 장대했지만, 수숫대처럼 비쩍 말라 숭어만 한 무쇠 칼을 들어올리기조차 버거워 보였다.

"난 다른 사람이 해주는 음식은 먹을 수가 없어요. 알다시피 입맛이 워낙 까다로워서 말이죠. 음식은 타인과 나누지 않는 한 한 가지 맛밖에 낼 수 없어요."

지안이 물었다.

"어떤 맛이요?"

"주재료가 가진 맛 중에서 가장 고약한 향미죠. 육고기로 치면 누린 맛일 테고, 물고기는 비린 맛, 채소는 풋내와 흙내가 우러나겠죠."

음영은 배낭에서 비닐에 든 섬초롱을 꺼내 개수대에 엎어 놓고 하나씩 다듬기 시작했다. 지안은 음영이 주무르는 식재료와 동선, 손질법을 노트에 적었다. 그는 냄비의 물이 끓을 즈음 손질을 완전히 끝낸 섬초롱을 데치며 다른 화구에 기름 담을 웍을 올리더니, 기름이 끓길 기다리며 달걀흰자와 물 전분을 섞어 튀김옷을 만들었다. 굴에 튀김옷을 입혀 기름에 던져 넣는 동시에 어간장으로 밑간을 한 고등어를 조리고, 고등어에 맛이 들 즈음엔 튀김에 곁들일 피클과 양파를 다져 타르타르소스를 배합했다. 중간중간 레몬즙을 희석한 얼음물에 손을 담가 식재료 간의 맛과 향이 뒤섞이지 않게 하는 동작을 포함해, 주방에 선 음영의 움직임은 마치 합이 잘 짜인 액션 영화처럼 한 점의 군더더기가 달라붙지 않았다.

한 시간 뒤, 지안의 테이블에는 고등어 무조림과 닭 육수와 새우로 맛을 낸 중국식 계란찜, 섬초롱무침, 굴튀김에 전갱이 살을 곱게 갈아 튀겨낸 어묵과 톳을 섞어 지은 쌀밥이 놓였다.

"자, 이제 식사를 시작합시다. 내겐 평범한 음식이지만, 특별한 손님이니 먼저 맛을 봐주세요."

음영이 단전에 곱게 손을 모으고 지안 곁에서 한 발자국 떨어졌다. 그는 지안이 젓가락을 들어 음식들을 한 가지씩 맛을 보고 입아귀를 한껏 끌어올려 함박 웃은 뒤에야 안심

했다는 표정으로 맞은편 의자에 앉았다.

“이제 음식 얘기는 접고 해밀도 소식이나 전해주세요. 할머니 연세가 많으셨던 걸로 기억하는데. 젊어서 굉장한 미인이셨죠? 손녀가 많이 닮았어요.”

음영과 지안은 아주 천천히 식사를 나누었다.

“저 외탁했다던데요.”

“아, 그래요. 외가도 미인이 많나 보네요.”

머쓱해진 음영은 접시가 비기 전에 따뜻하게 덥힌 음식을 채워주었다. 그러고도 남은 음식은 유리 밀폐 용기에 조금씩 담아 지안의 손에 들려주었다. 음식 꾸러미를 받아든 지안이 자신은 돌려줄 것이 없다는 생각에 멋쩍게 야상 호주머니에 손을 넣었다. 그때 따끔한 무언가가 그녀의 중지를 찔렀다. 미간을 일그러뜨린 지안이 호주머니에 든 것을 꺼냈다. 달려나온 건 손가락 두 마디 길이의 바늘이었다. 음영 앞에서 호들갑을 떨고 싶지 않았던 지안은 그가 주방에서 손을 씻는 사이, 상처에 솟아난 피를 냅킨으로 닦고 바늘과 함께 쓰레기통에 버렸다.

“덕분에 나도 즐거운 시간이었어요, 지안 씨.”

들어올 때와 마찬가지로 음영이 현관문을 열고 지안을 배웅했다. 어느덧 비가 그친 뒤였다.

“잘 먹었습니다. 괜찮다면 보름 후에 주방장님 음식도 먹어보고 싶어요.”

음영이 몸으로 문을 지치고 서서 고개를 가로저었다.

"지안 씨는 오지 않는 게 좋겠습니다."

음영의 단호한 말투에 지안은 섭섭한 표정을 지었다.

"아까 그 손님은……."

지안은 보름 후에 초대를 받은 진만을 떠올리며 말끝을 흐렸다. 초대는 퀘이의 주인인 음영의 권한인 탓이었다.

"주방장의 실력은 분명 최고지만, 성격이 몹시 괴팍하답니다. 고든 램지 저리 가라죠. 실은 지안 씨에게 결례를 저지를 것 같아서 오늘 주방에 나오지 못하게 한 거예요."

괴팍한 주방장을 상대하는 일엔 이골이 났지만 지안은 음영의 거절을 받아들이기로 마음먹었다.

"자, 그럼 다시 만납시다. 잘 가요."

인사를 건넨 음영이 철문을 닫았다. 새벽 4시 5분. 지안은 첫차를 타기 위해 버스 정류장이 있는 큰길로 나섰다. 전봇대 아래마다 취객들이 쓰레기봉투처럼 웅크려 아침을 기다렸고, 그 옆으로 택시 행렬이 늘어섰다. 피곤이 밀려들었지만 지안은 집에 돌아가자마자 출근 준비를 해야 했다. 그녀가 일하는 프렌치 레스토랑 '레피뒤팽'의 사장은 지각 벌금을 분 단위로 계산하는 깍쟁이였다. 그는 요리에 관심이 있거나 프랑스 여행자라면 누구나 알 만한 유명 레스토랑의 이름을 훔쳐 쓰면서도 종업원들에게는 늘 품격과 원칙을 강요했다. 지안은 슴벅한 눈을 비비며 후드를 뒤집어쓰고 보행신호가 깜빡이는 횡단보도를 내달렸다.

레피뒤팽은 손님과 직원이 같은 출입구를 사용할 수 없었다. 지갑을 여는 사람들은 아이리스와 장미, 공작새 등이 화려하게 양각된 문을 지나 붉은 카펫을 밟았고, 요리사와 서버 들은 낡은 나선형 철제 계단을 기어올라 사장실에 놓인 출퇴근 기록계에 타임카드를 밀어 넣어야 했다. 때문에 하이힐이나 스커트로 멋을 내는 일은 꿈도 꾸지 못할 호사였다.

부윰한 아침, 러닝화에 후드 티 차림의 지안이 계단을 뛰어올랐다. 그녀는 백팩에서 사장실 출입 카드를 꺼내 문을 열고 타임카드를 찍었다. 6시 57분, 간신히 지각은 면한 시각이었다. 주방과 홀의 막내는 다른 직원들보다 출근 시간이 한 시간 이르다. 그러나 오늘도 홀 파트의 막내는 늦는 모양이었다. 그녀는 잠시 고민하다, 짧게 한숨을 내쉬곤 홀 파트 막내의 타임카드를 찍어주고 라커 룸으로 향했다.

그녀가 옷을 갈아입자마자 식재료 배달원이 문을 두드렸고, 곧이어 바게트와 식탁 장식용 꽃이 배달되었다. 그날의 런치 메뉴는 해산물 스튜인 부야베스였다. 지안이 가장 먼저 할 일은 생대구의 살을 저며 네 장의 필레를 만들고 어젯밤 손질해놓은 홍합과 밤새 해감한 모시조개를 요리사별로 고르게 분배하는 거였다. 개점까지는 네 시간가량 남았지만 메인 요리인 참치 푀유타주와 샐러드에 들어갈 채소 손질까지 마치려면 넉넉한 시간은 아니었다.

잠시 후, 숨을 헐떡이며 주방 문을 연 홀 파트 막내가 젖은 머리로 꾸벅 인사를 하고는 라커 룸으로 사라졌다. 8시가 가까워지자 요리사와 서버 들이 속속 도착했고, 지안에게 눈인사를 건넨 뒤 조리대에 기대 테이크아웃한 커피를 홀짝이며 잡담을 나누었다. 9시 무렵, 사장실에서 조례를 마친 메인 셰프가 여섯 명의 요리사에게 예약 현황을 일러주고 식재료의 재고를 확인한 후에야 주방은 활기를 띠기 시작했다.

지안은 요리사들이 프라이팬에 불을 댕기는 순간을 좋아했다. 새파란 혓바닥으로 팬을 핥는 파란 불꽃과 그 위에서 요란하게 몸을 뒤채는 올리브유는 튀튀를 걷어차며 역동적으로 춤을 추는 수십 명의 댄서처럼 경쾌했다. 언젠가 메인 셰프처럼, 아니 음영처럼 자신의 시그니처 메뉴를 갖고 싶었다.

개점과 동시에 밀려든 손님들은 대체로 여러 가지 음식을 조금씩 맛볼 수 있는 데다 값이 저렴한 런치 메뉴를 주문했다. 빵과 절인 올리브, 세 가지 치즈를 곁들인 샐러드가 나가고 이어 양파 수프와 참치 푀유타주 혹은 닭 안심 스테이크와 부야베스가 서빙되었다. 부야베스의 반응은 꽤 괜찮았다. 덕분에 궁합이 잘 맞는 화이트와인과 로제와인의 주문도 늘었다. 여느 날과 다름없는 풍경이었고, 지안은 고단하지만 익숙하고 푸근한 일상에 만족했다. 적어도 런치 타임이 끝나갈 무렵, 홀 파트 막내가 난처한 표정으로 주방 문을 열기 전까진 그랬다.

"손님 한 분이 지안 언니를 찾는데요?"

간혹 요리에 만족한 손님이 메인 셰프에게 인사를 하는 경우가 있기는 했지만 아직 팬도 잡아보지 못한 보조 요리사를 지명해서 부르는 일은 없었다.

"정지안, 아는 사람 불렀나?"

샐러드 접시 테두리를 마른행주로 닦던 메인 셰프가 굵은 눈썹을 신경질적으로 꿈틀거리며 물었다.

"아뇨, 그런 일 없습니다."

지안이 손과 고개를 동시에 내저었다.

"그런 사람 없다고 전해. 이런 일은 홀에서 적당히 처리해야 하는 거 아냐?"

메인 셰프가 다시 마른행주를 샐러드로 가져가며 불뚝성을 냈다.

"그게…… 정진만이 찾는 거라서요. 그 미식가……."

홀 파트 막내가 기어들어가는 목소리로 다시 말했다.

"정진만? 내가 아는 그 정진만 말야? 그 사람이 왜 여길 와?"

메인 셰프의 물음에 막내가 어깨를 으쓱해보이곤 문을 나섰다.

"정지안, 나가 봐."

가볍게 한숨을 내쉰 메인 셰프가 행주를 집어던지고 팔짱을 꼈다.

"셰프님, 정진만이 누군지 여쭤봐도 됩니까?"

"아무리 섬 처녀라고 해도 명색이 셰프 지망생인데 정진만 정도는 알아야 하는 거 아냐?"

한심하다는 듯 메인 셰프가 고개를 설레설레 저으며 말을 거들었다.

“그 사람 SNS에 독설 퍼붓기로 유명한 미식가잖아. 미슐랭 스타들만 찾아다니며 뼈까지 발라먹는 악마. 졸부 자식인지, 직업도 없이 한량처럼 노닥거리면서 레스토랑 돌려까기가 특기야.”

메인 셰프가 주방 문을 열고 멍하게 서 있는 지안의 소매를 끌어당겼다.

“그런 사람이 왜 저를 찾아요?”

지안에겐 이름조차 생경한 요리 평론가가 자신을 콕 집어 불러낸다는 사실이 믿어지지 않았다.

“나야 모르지. 일단 갔다 와. 뭐라고 얘기하든 납작 엎드려서 듣고만 있어. 대답할 게 있으면 그땐 나를 불러. 알았어?”

메인 셰프가 지안을 윽박지르곤 홀을 향해 등을 떠밀었다. 복도에는 홀 파트 막내가 울상을 짓고 서 있었다.

“지안 씨, 왜 이렇게 늦게 나와요. 완전 쫄았단 말예요. 저기, 가운데 자리가 정진만 씨예요.”

홀에선 진만이 가글하듯 요란하게 와인을 맛보고 있었다. 그의 앞에 놓인 음식은 겨우 입만 댄 듯 거의 흐트러지지 않았다. 비로소 지안은 자신을 찾아온 미식가가 퀘이 앞에서 마주쳤던 중년 남자란 사실을 깨달았다. 그는 요란스러운 와인 시음을 멈추곤 떨떠름한 표정으로 의자에서 일어섰다. 드르륵, 의자 밀리는 소리에 뒷좌석 손님의 미간이 구겨졌다.

“인상 펴요. 댁들 눈엔 내가 슈트 입은 저승사자처럼 보일 테고, 사실 오늘 누구 한 명을 데려가긴 할 테지만 적어도 그쪽은 아니니 안심하시오."

진만은 성큼성큼 지안에게 다가와 그녀의 손목을 힘껏 움켜쥐고 계산대로 향했다.

"이봐요, 정진만 씨. 뭐 하는 거예요?"

지안이 조용히 뇌까리며 진만의 손에 붙잡힌 손목을 비틀었다.

"저승사자의 오늘 픽은 그쪽이거든."

지배인이 어리둥절한 표정으로 계산을 마치고 신용카드를 진만에게 돌려주었다.

"근무시간에 어딜 가자는 거예요? 일단 놓고 얘기해요."

"안심해도 좋아. 이 바닥에서 팔릴 대로 팔린 얼굴이니 엉큼한 수작이나 걸려고 아가씰 데려갈 리 없잖아. 그쪽도 들었죠? 이 아가씨에게 무슨 일이 생기면 내가 범인인 겁니다."

일행을 뒤따라 나온 지배인이 지안에게 어떻게 된 일이냐고 눈짓을 보냈다. 영문을 알 리 없는 지안이 고개를 휘젓자, 진만이 그녀의 조리모를 벗겨 지배인에게 건넸다.

"지배인님, 어떻게 좀 해보세요."

"걱정 말고 다녀와. 사장님께는 진만 씨랑 외출했다고 말씀드릴게. 그보다 저 사람에게 아무 말이나 늘어놓으면 안 되는 건 알지? 똘아……!"

레피뒤팽의 육중한 문을 지치고 서 있던 진만이 손바닥을 귓바퀴에 대고 훔쳐듣는 시늉을 하며 지배인에게 다가왔다.

"아, 흔쾌히 직원을 빌려주는 대신 나도 식당 경영에 한마디 보태는 게 예의겠군. 물론 귀담아듣지 않아도 좋아요. 이제 숲의 정령이 흘린 눈물이니, 바다의 가슴앓이니, 천국의 계곡에서 히아신스가 피는 소리니 하는 들쩍지근한 비평은 죽을 날 받아놓은 노땅 평론가 몇 명밖에 하지 않아요. 어차피 좋은 말은 거저 얻어먹는 블로거와 기자 들이 다 하지 않습니까? 난 노땅과 공짜 좋아하는 블로거 들 틈에 끼고 싶은 생각이 눈곱만큼도 없어요. 그래서 생각해낸 게 이런 전위적인 방식의 비평이죠. 내가 하고 싶은 말을 레스토랑 관계자가 대신해주니 얼마나 편리한지 모릅니다. 어쨌든 선생이 내 혀를 대신해줬으니 운영에 참고하시길 바라겠소. 그리고 이 집 음식, 제값 주고 먹긴 아깝지만 쿠팡에 식사권 내놓으면 그럭저럭 팔릴 것도 같군요."

진만은 지배인의 대답을 기다리지 않고 지안의 손목을 다시 낚아챘다. 그러곤 레피뒤팽 앞에서 비상등을 켜고 기다리는 재규어 뒷자리에 올라탔다.

"같이 갈 데가 있어."

진만의 말에 앞자리에 앉아 있던 운전기사가 고개를 돌려 지안에게 엷은 미소를 지어 보였다. 지안이 뾰로통한 표정으로 진만의 옆자리에 앉았다. 뒷문이 닫히자 기다렸다는 듯 차가 움직였다.

"새벽에 퀘이에서 날 미행한 거죠? 완전 표적 납치네. 정진만 씨가 이러고 다니는 거 사람들이 알아요?"

"정지안 씨는 나를 만난 게 우연 같겠지만 운명이야. 그래도 놀라게 했으니 사과하지. 대신 날 좀 도와주면 추천서를 써줄게. 아무한테나 해주는 거 아냐. 그거 한 장이면 전 세계 어디든 자네가 원하는 파인 다이닝에 취직할 수 있을 거야. 내 인맥이 글로벌하거든."

진만은 애써 감추려 했지만 지안은 그의 표정에서 불안과 초조를 읽어냈다.

*

진만이 지안을 이끌어 간 곳은 도심의 주상복합아파트였다. 지안은 암묵적으로 진만이 제안한 거래를 받아들이기로 마음먹었고 승강기에 올랐다.

"현실과 타협한 게 그리 쪽팔릴 일인가. 대개의 사람들처럼 안정된 미래를 선택하는 것뿐이잖아. 성공한 사람이라면 누구나 겪는 일이지."

진만이 27층 버튼을 누르고 거울로 지안을 바라보았다.

"누가 뭐래요?"

지안이 겸연쩍은 얼굴로 쏘아붙였다. 진만 역시도 불안하고 초조하기는 마찬가지였지만 부러 덤덤한 척 마른 입술에 립밤을 발랐다. 이윽고 승강기 문이 열리자, 잘 꾸민 실내 정원이 둘을 맞이했다.

"진만 씨, 어떻게 잘 모셔왔네?"

맵시 있게 뻗은 매화 가지에 정신이 팔렸던 지안이 허스키

한 여자의 음성을 듣고 고개를 들었다. 여자는 퀘이 앞에서 진만과 함께 있던 민혜였다. 반들반들하게 빗어 쪽을 진 머리, 굵은 아이라인과 짙은 인조 속눈썹, 보형물로 끌어올린 콧대와 선홍색 입술 그리고 매캐한 향내를 맡고서야 지안은 그녀의 정체를 알아차렸다.

"저분 무속인이었어요?"

지안이 진만의 옆에 바짝 붙어 목소리를 낮췄다.

"맞아. 내가 아는 사람 중 최고의 샤먼이지."

진만은 무당인 민혜와 가벼운 포옹을 한 뒤 집 안으로 들어섰다. 그의 동맹자 중 무속인은 그녀 한 명뿐이었다. 민혜는 사격 국가대표로 아시안게임 동메달까지 땄지만, 어깨 부상 후 슬럼프에 빠졌다. 그 무렵 진만은 민혜에게 자신의 쇼핑몰 머더헬프의 초대 링크를 보냈다. 그러나 민혜가 진가를 발휘하기 시작할 즈음 무병이 찾아들었다. 그녀는 권총 대신 요령을 손에 쥐었다. 진만은 한 번 코드를 부여한 이상, 거둬들이는 일에 신중을 기했다. 이제 민혜는 퍼플코드가 되어 점사를 보러 찾아오는 정재계 인사의 정보를 캐내며 살고 있다.

"다시 볼 거랬지?"

두리번거리는 지안의 손을 민혜가 잡아끌었다. 로봇 청소기가 마치 일행과 눈이라도 마주친 하녀처럼 미끄러지듯 뒤로 물러섰다.

"신당으로 가자. 마침 기도 끝났으니 차 한 잔 마실까."

신당은 지안을 압도했다. 네 귀퉁이가 날렵하게 솟은 애시

우드 책상과 앤티크 소품들, 화려한 탱화 대신 관세음보살의 실루엣이 금박으로 새겨진 벽지까지 여느 당집과는 사뭇 달랐다. 그녀가 주눅 든 마음을 감추고 의자 끄트머리에 엉덩이를 걸쳤다. 이윽고 민혜의 수행 비서가 석 잔의 보이차를 책상 위에 내려놓고 뒷걸음으로 사라졌다.

"지안 씨, 마시면서 천천히 우리 얘기 들어줘."

말을 마친 민혜가 뜨거운 보이차를 입술에 적셨다.

*

민혜의 어머니, 그리고 어머니의 어머니도 무당이었다. 수대를 거쳐 무업을 이어온 그녀는 자신이 섬기는 몸주 '큰어른'을 통해 악귀를 삼킨 소년에 대한 이야기를 전해 들었다.

큰어른이 소년을 처음 만난 건 민혜의 외할머니를 통해서였다. 여든에 가까운 나이였지만 용하기로 소문난 그녀에게는 전쟁이 끝난 직후에도 손님이 줄을 이었고, 마침내 특별한 인연과 얽히고 말았다. 새벽부터 당집을 찾은 손님은 남자처럼 바짝 머리를 깎은 중년 여자와 열 살 남짓한 소년이었다. 옷차림이 추레한 건 둘째치고, 소년의 몸에선 지독한 악취가 풍겼다. 마치 거름 더미에서 자다 나온 사람이라 해도 믿을 법한 냄새였다.

"보살님, 우리 아들이 이상해서 굿이든 비방이든 받으러 왔습니다."

소년의 어머니는 말투가 어눌한 화교였다. 그녀는 허리에 매어 놓은 전대에서 돈을 꺼내 무당의 손에 쥐어주었다.

"아이가 어떻기에 어미 얼굴이 흙빛인고?"

무당의 말에 소년의 어머니는 나이보다 겉늙은 얼굴을 쥐어짜며 잠시 오열했다.

"태어날 때부터 맛을 모르는 병신이에요. 오로지 저 아가리로 맛있다고 하는 건, 지가 만든 짜장면밖에 없어요."

무당이 소년의 얼굴을 조심히 톺아보았다. 열 살 남짓한 아이의 얼굴은 환갑 진갑을 넘긴 노인처럼 수심과 노여움이 묻어났다. 검은 동자 안에 빛 몇 오라기가 나풀거리는 걸 보니 귀신을 보는 눈, 영안이 열려 있는 것이 틀림없었다. 야무지게 꽉 다문 입술 가장자리엔 미처 닦아내지 못한 짜장소스가 말라 있었고, 끔찍한 악취는 아이의 날숨에서 진하게 풍겨났다.

"자네 아들은 애진즉 귀신이 차지했어. 지금은 겨우 혀 한 귀퉁이만 저 아이 것이고, 나머지는 뒤에 서 있는 영감이 삼켜버렸지."

큰어른이 무당의 입을 빌어 말했다.

"영감이라뇨?"

소년의 어머니가 히뜩 놀라 주변을 둘러보았다.

"이 아이의 조상이 중국에서 건너왔는가?"

무당의 말에 소년의 어머니가 눈을 홉뜨고 고개를 재빨리 끄덕였다.

"그 어른이 보이십니까? 그럼 대체 왜 귀한 자손을 괴롭히시는지 여쭤봐주세요. 네?"

큰어른은 아이의 뒤에서 팔짱을 끼고 딱 버틴 노인과 마주섰다. 노인은 중국어를 썼지만 영혼의 세계에서 인간의 언어는 의미가 없었다. 큰어른은 노인이 원하는 걸 들어주고, 자손인 소년에게서 멀리 떼어낼 셈으로 그의 말에 귀를 기울였다.

"허, 기가 차네. 이 아이 조상이 지금 우리 어르신한테 뭐라 그런 줄 아나? 귀문관이 열리는 음력 7월 보름 귀절鬼節까지 자네 아들의 영혼을 몸에서 떼어내고 제가 들어앉겠다고 하네."

무당의 말에 아이의 어머니가 소스라치게 놀랐다.

"대체 저희가 무슨 잘못을 했단 말인가요?"

"혹시 자네, 이 아이를 뱄을 때 마음에 걸리는 일이 있어?"

무당의 눈엔 필시 소년은 귀신이 타고 놀기 쉬운 몸이긴 했다. 대개는 그런 자손이 태어났을 때 잡귀를 막아주는 것이 조상신이거늘, 어째서 육신을 갈취하려 드는지 의아했다.

"시어머니가 생전 애지중지하는 단지를…… 단지를 깨먹은 일이 있습니다."

이제야 무당과 큰어른은 사달의 원인을 짐작했다. 소년의 집은 조상신을 담은 신주 단지를 모시며 빌어왔는데, 갓 시집온 새댁이 그걸 깨버린 순간 혼령이 태중 자손에게 원한을 품은 것이다.

"그럼 그때 찾아왔어야지!"

곧바로 수습했으면 무탈할 일이 커졌다는 생각에 무당이 저도 모르게 혀를 찼다.

"그럴 수가 없었어요. 단지가 깨지고 나서 가게가 불같이 일어났으니까요. 조상님이 가게에 계신 걸 느끼긴 했어요. 저녁이면 빈 주방에서 칼과 도마가 움직이고, 곤로가 켜질 때도 있었으니까요. 손님들도 음식 맛이 좋아졌다기에 조상님이 저흴 도와주시는구나, 좋아했더랬죠."

"어리석었구먼. 오늘이 그믐이니 귀절까진 꼭 보름이 남았네. 그 안에 악귀를 천도하지 못하면 자네는 껍데기만 인간인 자식을 거두게 될 테지."

사물을 움직일 수 있을 정도로 강한 힘을 가진 영혼과 싸우는 일은 간단치 않았다. 그러나 큰어른은 딱한 모자를 차마 그대로 돌려보낼 수 없었다. 한참을 고민한 끝에 무당은 큰어른과 신령들의 힘을 업고 모험을 해보기로 마음먹었다. 그 순간 소년이 작게 오므렸던 입술로 침을 뱉고는 보란 듯이 크게 웃음을 터트렸다. 짜장처럼 검은 혀를 바라보는 무당의 마음에 수심이 깊었다.

무당은 곧바로 짐을 싸 큰 산으로 들어가 치성을 드렸다. 큰어른은 뜻이 맞는 대감과 보살 들을 모아 악귀를 끄집어낼 모의를 했다. 그러기를 열나흘. 피로와 두려움으로 눈두덩이 대꾼해진 노무당이 산을 내려왔다. 정성 들여 몸을 씻고, 과일과 떡을 장만한 그녀는 소년의 집으로 찾아갔다.

"아이 이름이 뭡니까?"

"음영이요!"

무당의 물음에 어머니 그리고 요리사인 아버지가 동시에 대답했다. 그녀가 고개를 끄덕이고 기도를 시작하자, 따라온 고수들도 장구와 북을 치기 시작했다. 무당이 흥을 돋워야 큰어른과 신령들의 기운이 나기 마련이라, 해가 저물 때까지 장단은 끊이지 않았다.

모두가 지쳐가고 사위가 어슴푸레해질 무렵, 음영이 헛구역질을 시작했다. 사람들의 눈에는 보이지 않지만 무당과 큰어른은 아이의 입에서 쏟아지는 노인 악귀를 노려보고 있었다. 악귀가 빠져나간 아이는 허수아비처럼 풀썩 쓰러졌다. 노인이 무당 앞에 다가섰다. 비록 악취를 풍기고 있었으나, 소년의 육체를 잠식한 넋은 기괴하리만치 생기가 넘쳤다.

"무슨 불만이란 말이냐. 아이는 노인처럼 현명해질 테고, 이 가정은 부귀와 영화를 누릴 텐데."

노인의 우렁우렁한 목소리에 무당의 어깨가 저도 모르게 움츠러들었다.

"저 살자고 자기 자손을 지옥으로 던지는 조상이 대명천지에 어디 있단 말인가."

무당의 말에 노인이 구불구불하게 늘어진 턱수염을 매만지며 웃음을 터트렸다.

"내 유언을 지키지 않은 죄가 크다. 내 뼛가루만큼은 고향으로 돌려보내달라고 했건만, 어느 하나 내 청을 들어주지 않았지. 그나마 들어앉은 단지까지 깨버렸을 땐 이 정도 각오는 해야 하는 게 아니더냐."

무당과 노인이 입씨름을 하는 동안, 음영의 눈은 흰자위를 드러냈고 입에선 게거품이 흘러나왔다. 논리로 악귀를 물리칠 수는 없었다. 무당은 독설을 퍼부으며 흥을 돋우었고, 큰어른은 사자후를 지르며 노인의 기세를 꺾으려 애썼다. 그때, 무당에게 잠시 기발한 생각 하나가 스쳤다. 노인을 봉인하는 일이 수월치 않다면, 음영의 몸을 봉인해 빙의를 막는 거였다. 큰어른 역시 무당의 의중을 읽어냈다.

독이 바짝 오른 악귀는 암범처럼 큰어른을 향해 달려들었고, 그 틈을 탄 무당이 음영에게 다가가 자신이 끼고 있던 반지를 입에 쑤셔 넣었다. 호랑이 발톱으로 만든 그녀의 반지는 큰어른의 집과 같아 악귀뿐 아니라 다른 신령들마저 쉬이 범접하지 못하는 강한 마력을 가졌으니, 귀절까지 아이의 영혼을 구하기 위한 임시방편이 되었다.

음영의 새까맣던 혀에 발그스름한 혈색이 돌기 시작했다. 악취도 사라지고, 넋이 나갔던 눈동자에 생기가 돌았다. 싸움은 싱겁게 끝났다. 뒤늦게 아이의 몸이 봉인된 사실을 알아챈 노인이 필사의 몸부림을 쳤지만, 반지의 힘을 이겨낼 수는 없었다. 무당은 노인의 천도를 위해 다시 기도를 시작했다. 비록 악귀로 자손에게 해를 끼쳤으나, 이제는 갈 곳 없는 노인이니 제 길을 찾아가길 바랄 뿐이었다. 그러나 자정을 넘기고, 새벽을 지나 동이 틀 때까지도 노인은 천도되지 않았다.

"여보시게, 어르신. 내가 하늘에 간청을 하였으나 받아주시질 않네. 이제 손주의 몸은 포기하는 게 어떻겠는가. 내 산신각 옆에 작은 제단을 마련할 테니 거기 앉아 인간을 굽어살피다 보면 기회가 올 것이네."

초연히 자리에서 일어선 무당의 말에 노인이 실소를 터트렸다.

"늙은 무당이 큰 실수를 했구나! 이제 하늘길이 막혔으니, 나는 자손의 옆을 떠날 일이 없어졌다. 반지를 도로 가져가면 그 즉시 아이의 몸은 내가 갖게 되겠지. 그 반지는 네가 모시는 몸주의 보금자리겠지? 반지를 되찾지 못하면 네 신통력이 예전만 못할 테고……. 네년이 그 반지를 포기한다 해도 귀절은 매년 돌아온다. 그날만큼은 반지도 귀신들의 음기에 눌려 제 노릇을 못 하겠지. 안 그러냐?"

노인의 말은 사실이었다. 무당은 그저 귀절 하루만 넘기고 노인을 천도시킨 뒤 반지를 되찾을 작심이었다. 하지만 노인이 천도되지 않았으니 큰어른 도력의 원천인 반지를 가져올 길이 사라진 거였다.

아이의 영혼을 살리는 데 성공했으나 많은 것을 잃은 무당은 여든여섯, 숨이 멎기 전까지 매해 음력 7월 15일마다 음영의 집을 찾아가 악귀와의 싸움을 이어갔다. 그 싸움은 그녀, 그리고 그녀의 딸과 그 핏줄을 이은 민혜에 이르기까지 아주 긴 세월 동안 이어졌다.

그 후 음영의 몸에선 어찌된 일인지 반지가 배출되지 않았다. 그 영험한 힘 때문일까, 음영은 특별한 혀를 가진 사람으로 유명해졌다. 그의 눈엔 항상 주변을 맴도는 노인이 보였다. 창파오를 걸친 백발의 사내는 음영이 만드는 요리마다 잔소리를 늘어놓았다. 특히 중화요리에 까다로웠으며, 한국식으로 변형된 짜장면은 아예 만들지 못하게 했다. 그에 대한 소문은 중국을 고향으로 둔 채 이국을 떠도는 귀신들에게 퍼져나갔다. 노인은 매년 자신을 찾아오는 무당과 맞서기 위해 귀절마다 갈 곳 없는 귀신들을 불러 모아 잔치를 벌였다. 반지의 힘이 약해지는 날인 만큼, 노인은 음영의 몸에 깃들어 직접 요리를 해 귀신들을 대접했다.

*

지안이 입에 대보지도 못한 식은 차를 내려놓았다.

"귀신 요리사라니……."

그녀는 남달리 영감이 발달한 사람이 아니었다. 가위 한 번 눌려본 적 없고, 눈에 보이는 것 외엔 믿지 않으며, 종교 또한 가져본 적이 없었다. 하지만 민혜와 진만의 표정은 몹시도 진지했고, 명망가인 그들이 자신에게 허무맹랑한 이야기를 해서 얻을 이익 따위는 없었다.

"매년 악귀와 싸우던 어머니가 작년에 돌아가셨어요. 이제는 꼼짝없이 내 차례가 된 거죠. 그리고 난 긴 싸움을 하고 싶지 않아요. 내 딸까지 고생시킬 순 없으니까."

결기 어린 민혜의 눈이 지안의 눈동자를 심연 깊숙이 들여다봤다.

"이해했어요. 민혜 언니는 음영 아저씨의 조상을 소멸시키고 반지를 되찾고 싶은 거잖아요. 그래야 지겨운 대물림이 끝날 테니까. 근데 정진만 씬 왜 끼어든 거죠?"

진만이 식은 차를 한 모금 마시고 지안을 향해 의자를 조금 틀었다.

"본업은 따로 있지만 세상에 알려진 내 수식어는 미식가야. 당연히 내 주관대로 음식을 비평하지. 꽤 오래전에 음영이란 자의 음식에 대한 글을 쓴 적이 있어. 그의 신비주의도 까고, 혁신 없는 실력도 까고, 촌스러운 접시와 인테리어, 과대평가도 깠지. 그러고 얼마 후 식당이 문을 닫더군. 음영 그 작자가 마음에 드는 손님만 받는 오마카세 스타일로 바뀌었지. 궁금해서 나도 한 번 찾아가봤어. 마치 백년손님이라도 맞은 것처럼 호사스러운 대접을 받았지. 근데 말이야, 그다음 날부터 나는 미각을 잃었어. 아주 졸렬한 방식으로 복수를 한 거지. 여태까지 범죄 아닌 일로 인정받은 건 오로지 후각과 남보다 유난히 빠른 눈치 덕분이지."

진만이 검지로 자신의 아랫입술을 지그시 눌러 입을 열었다. 고르게 난 앞니 너머로 정확히 절반이 검게 변한 혀가 수그리고 있었다. 이러다간 그저 칼로리를 채우기 위해 냉동피자나 컵라면만 먹고 살아야 할지 몰랐다. 어둠의 세계 제

왕이지만 진짜 어둠, 저승의 세계까지 그의 총구에 겁을 먹는 건 아니었다.

“노인, 그러니까 자칭 장형 귀신은 진만 씨를 노리고 있어요. 자신의 피가 흐르는 음영이냐, 젊고 건강한데다 어둠의 음기로 똘똘 뭉친 정진만이냐. 욕심 많은 노인이 양쪽에 다리를 걸쳐놨다고 보면 되죠.”

졸지에 미맹이 된 진만은 내과와 정신과, 한의원과 아로마테라피를 거치는 동안에도 아무 소득을 얻지 못했고 결국 민혜를 찾아온 터였다. 그녀는 진만의 날숨에서 미세하게 풍기는 냄새, 검게 변해가는 혀를 차례로 훑고 난 뒤에야 땀직하게 음영 일가의 비밀을 털어놓았다.

“그럼 일이 틀어지면 그 악귀가 저한테 붙을 수도 있는 거잖아요. 거절할래요. 못 들은 걸로 할게요.”

지안은 남보다 빨리 출세해서 자리를 잡고 싶은 마음이 있었지만, 그렇다고 영혼까지 내걸 만큼 절박한 건 아니었다. 지금처럼 성실히 일하고 배우다 보면 언젠가 자신의 가게를 가진 셰프가 될 거라 믿기로 했다. 지안이 의자에서 일어서려 하자, 민혜가 그녀의 손을 잡았다.

“지안 씨는 이미 우리와 한배를 탔어요.”

“말로 한 약속인데 그거 철회했다고 고소라도 하시게요?”

지안이 손목을 비틀어 민혜의 손을 떨어냈다.

“아니, 그쪽은 이미 어젯밤 우리 계획의 일부를 행동으로 옮기고 왔단 얘기야.”

진만의 마음은 착잡했다. 어젯밤 민혜는 지안과 포옹을 하며 그녀의 호주머니에 바늘 하나를 슬쩍 떨어뜨렸다. 그건 무녀 가문에서 무구로 쓰던 칼을 작게 갈아 만든 것 중 하나로, 민혜의 반지를 찾아낼 자석과도 같은 신물이었다. 바늘은 인간의 피에 젖으면 비로소 자신의 존재를 자각해 쓸모를 갖게 된다.

"혹시 그 바늘?"

지안이 바늘에 찔렸던 손가락을 내려다보며 물었다.

"그건 평범한 바늘이 아닌지라, 지안 씨를 만난 순간 스스로 운명을 깨닫고 움직이지요. 지안 씨를 통해 가게 안으로 들어간 뒤엔 스스로 적당한 곳을 찾아 숨어버렸을 겁니다."

바늘에 찔려 손가락에 피가 난 것, 그리하여 냅킨과 함께 쓰레기통에 버려진 것은 우연한 사고가 아닌 바늘이 만들어낸 운명이었다.

"심부름했으니 내 역할은 끝났겠네요. 아무래도 발 빼는 게 좋겠어요."

"역시 일일이 설명해줘야 하는군. 그쪽의 피로 바늘이 활성화된 거라고. 이제 바늘의 주인은 당신이야. 다시 설명할까? 우리가 악귀와 싸우는 동안 반지를 꺼내야 할 사람이 그쪽이란 얘기야."

진만의 말에 지안이 얼어붙었다. 두 사람의 계략에 휘말린 건 괘씸한 일이었지만, 무작정 모른 척하기엔 두 사람과 음영에게 못할 짓이란 생각이 들어서였다. 지안은 왜 하필 그날, 음영이 자신을 초대했는지 원망스러웠다.

"자, 이제 우리 모두 귀절을 기다립시다. 난 큰어른의 반지를 되찾아야 하고, 진만 씬 미각을, 지안 씬 일상을 되찾아야 하니까요."

"아뇨, 나 못 하겠어요. 그깟 귀신이 나한테 뭘 어쩔 수 있다고요."

지안이 자리에서 벌떡 일어섰다.

"잘 들어. 조카 같아서 하는 말인데, 우리 부탁 들어주는 게 좋을 거야. 내 본업이 귀신 제조기거든. 정지안. 그러고 보니 성도 나랑 같네."

진만이 담배 꺼내듯 스스럼없이 안주머니에서 자동권총을 꺼냈다. 세 사람은 약속이라도 한 듯 긴 한숨을 내쉬며, 벽에 붙은 관세음보살을 바라보았다. 지안에겐 고요히 내리깐 관세음보살의 눈이 아주 잠시 웃는 것처럼 느껴졌다.

*

메인 셰프는 레스토랑으로 돌아온 지안을 식재료 보관실로 불러냈다.

"정진만하곤 무슨 용건이었어?"

사실대로 이야기하면 믿어주지 않으리란 걸 지안은 잘 알고 있었다.

"그냥…… 수작 건 거죠. 잘 타이르고 왔습니다."

"두 사람, 전에 밖에서 만난 적이 있던 거야?"

메인 셰프가 의심을 떨치지 못한 눈빛으로 지안을 똑바로 바라봤다.

"네, 우연히 한 번이요. 근데 셰프님, 혹시 음영이라는 요리사 아세요?"

"그건 왜?"

"그분 식당 앞에서 처음 봤거든요."

"음영이 아직 요리를 한다고? 그만둔 줄 알았는데."

메인 셰프는 양식 요리사였지만 요식업계에서 음영을 모르는 사람은 드물었다. 여러 차례 신문에도 소개되었고, 입맛 까다로운 식객이라면 음영의 식당에 모여드는 건 당연지사였다.

"음영 선생님은 본인이 직접 초대한 손님만 받고 계세요."

"너 경고하는데, 다시는 그 가게 가지 마."

메인 셰프가 단호하게 말했다.

"왜요?"

"벌써 10년 전 일이야. 그 양반이 요리하던 후암동 중식당에 간 적이 있어. 얼마나 대단한 솜씨인가 궁금해서 찾아갔지. 근데 메뉴판에 짜장면이 없더라고. 말이 돼? 중국집에서 짜장면을 안 판다는 게."

"그럼 탕수육, 군만두 같은 걸 드셨어요?"

"아무것도 못 먹었어. 슬그머니 음영한테 다가가서 나도 요리사인데 짜장면 한 그릇만 먹어볼 수 있냐고 했더니 갑자기 중국말로 쏘아붙이는 거야. 그때 그 사람 혀가…… 독사처럼 검었어. 계속 뻔대고 있다간 도끼 같은 칼이라도 집어던질 것 같아 나왔지."

메인 셰프의 말을 들으며, 지안은 악귀가 단지 고향의 전통을 계승하는 것 외에 또 다른 이유로 짜장면 만들기를 거부하는 것일지 모른다는 생각을 했다.

지안은 음영이 어린 시절 유일하게 먹을 수 있었던 음식이 짜장면이라는 걸 떠올렸다. 그건 악귀가 유일하게 빼앗지 못한, 음영의 일부분과도 같은 음식이었다.

"중간에 외출했으니까, 내일 식재료 준비는 너 혼자 다 해. 새벽에 아티초크 들어오니까 손질해놓도록."

메인 셰프가 떠난 식재료 보관실에 홀로 남은 지안은 문득 낮고 굵은 남자의 음성을 들은 것 같았다. 하지만 보관실은 마치 거대한 냉장고처럼 외부의 소리나 냄새가 차단된 곳이었다. 이윽고 그녀의 코에 매콤한 고추기름 냄새가 느껴졌고, 뜨거운 기름에 무언가가 튀겨지는 소리도 들렸다. 지안은 극심한 충격으로 자신이 미쳐가는 건 아닐까 겁이 더럭 났다. 그때 그녀의 휴대폰에 메시지 하나가 도착했다. 민혜였다.

'아까 얘기하지 못한 게 있어. 바늘과 지안 씨는 하나인 거 기억하지? 바늘이 맡고, 듣고, 느끼는 것이 지안 씨에게 고스란히 전해질 거야.'

민혜의 말대로 그날부터 지안은 시시때때로 낯선 음성과 음식 냄새, 바쁜 발소리를 느꼈다. 가장 견디기 힘든 건 인간이 절대 낼 수 없는 음역대의 소음들이었다. 귀신이 퀘이를 들락거리며 내는 고통스러운 신음과 괴성 그리고 섬뜩한 웃음소리였다.

매일 밤 퇴근을 하며 지안은 하늘을 올려다봤다. 천천히 배가 불러오는 달이 어느덧 내일이면 만삭이 될 터였다. 그녀는 이제 제법 익숙해진 귀신들의 소음을 들으며 무거운 걸음을 옮겼다.

'피 냄샌데? 이건 피 냄새라고. 잉잉! 넌 못 느끼는 거야?'

지안이 자신의 집 현관문을 열다 말고 소스라치게 놀랐다. 사람이라고 하기엔 몹시 빠른, 마치 음성 파일을 3배속으로 재생한 것 같은 목소리였다.

'우 선생님, 냉장고 안에 든 내일 손님 대접에 쓸 돼지고기와 닭고기가 스무 근이 넘어요.'

이번엔 음영의 음성이었다.

'아냐! 돼지나 닭이 아니라고. 사과만 한 심장이 팔딱대는 젊은 여자의 피란 말야. 알고 있지?'

꼭 말아 쥔 지안의 손에 식은땀이 솟아났다. 혹 귀신이 바늘을 찾아내면 모든 일이 허사로 돌아갈 터였다. 그녀는 다급히 휴대폰을 꺼내 진만에게 전화를 걸었다. 마치 영원처럼 길게 느껴지는 신호가 아홉 번 흐른 뒤 그가 전화를 받았다.

"내일이면 볼 텐데, 굳이 한밤에 전화를 하는군. 설마 받을 줄은 몰랐겠지?"

"우 선생이라는 귀신이 바늘에 묻은 피 냄새를 맡았어요."

지안이 턱을 덜덜 떨며 방금 전 벌어진 일을 설명했다.

"혹시 지금은 무슨 소리가 들리지?"

진만이 물었다.

'여길 다녀간 여자아이가 있긴 합니다. 하지만 무당 집안과는 아무 관계가 없을 겁니다.'

"제 얘길 하고 있어요. 크게 의심받고 있진 않고요."

지안은 콩닥대는 가슴에 손을 얹고 현관문에 등을 기댔다. 음영이 지금처럼 믿어주기만을 바라는 마음뿐이었다.

'잉잉, 너 이렇게 큰일을 도모하는데 너무 허술한 거 아니야? 그 여자애의 이름과 고향을 말해줘. 그것만 알면 지금 어디 있는지 내가 찾아갈 수 있으니까. 무당 집안과 정말 관련이 없는지 확실히 해두자고. 내가 보이면 보통 인간은 아닐 거 아냐?'

'그렇잖아도 제 증조부님이 가본다고 하시는 걸 말렸는데, 대신해주신다니 우 선생에겐 늘 신세만 집니다.'

음영이 사람 좋게 웃으며, 지안의 이름과 고향을 말했다.

"진만 씨, 저를 감시할 귀신이 오고 있어요. 권총, 권총이라도 갖고 와요."

"놈이 눈에 보이더라도 절대 본 척해선 안 돼. 듣고 있나?"

지안은 황급히 통화 종료 버튼을 누르고 평정심을 유지하기 위해 심호흡을 했다. 우 선생이 정말 눈에 보이면 어쩌나 조마조마한 마음으로 현관 조명을 켰다. 강한 빛에 그녀는 얕은 통증을 느끼며 운동화를 한 짝씩 벗어냈다. 아침과 다름없는 풍경이었다. 싱크대 위 집게에 고정해놓은 회색 고무 장갑, 식탁 대용으로 쓰는 캠핑용 테이블, 무지개가 프린트된 러그와 프레임 없는 침대.

지안이 크로스 백을 식탁 위에 올려놓고 생수를 꺼내려 냉장고를 열었다. 냉장고 가운데 칸에 깨끗하게 머리가 벗겨진 중년 남자의 얼굴이 놓여 있었다. 하마터면 비명을 지를 뻔했지만 지안은 태연하게 생수병만 꺼내고 문을 닫았다. 꿀떡꿀떡 물을 마신 뒤, 냄비에 물을 받아 라면을 끓이기 시작했다. 그녀의 목덜미와 등허리에 처음 경험해보는 오싹한 한기가 느껴졌다. 우 선생이 내뿜는 입김이었다. 라면 냄비를 식탁으로 옮겨 앞접시도 없이 후루룩 집어 삼키는 동안, 지안은 눈앞에서 옷자락을 펄럭이며 타르처럼 검은 토사물을 냄비로 쏟아 붓는 우 선생을 모른 척해야 했다.

지안은 욕실 거울로 피로와 불안에 시달려 창백해진 자신의 얼굴을 들여다보았다. 그녀의 어깨 위에 우 선생의 얼굴이 덩그마니 올라앉았다. 수도꼭지를 돌려 칫솔을 적시고, 치약을 짜 어금니 사이에 욱여넣었다. 며칠째 부어 있던 잇몸에서 피가 새어나왔다. 그러자 기다렸다는 듯이 그녀의 귓속으로 우 선생의 새카만 혀가 파고들었다.

"못 본 척해도 소용없어. 역시 네 피 냄새였어."

지안은 마치 물속에서 속삭이듯 웅웅거리는 우 선생의 목소리를 들으며 사색이 되었다. 우 선생이 혀를 깊숙이 집어넣자 지안이 귀에서 피를 흘리며 고통스러운 신음을 흘렸다.

머릿속에서 믹서 칼날이 돌아가는 것만 같은 강한 통증과 소음이 그녀를 쓰러뜨리고 말았다. 차가운 타일 바닥에 쓰러진 지안은 아주 희미한 향긋한 냄새를 느꼈다. 이른 새벽의 숲에서 젖은 고목이 풍기는 냄새 같기도, 긴 풍랑이 잦아든 해밀도 해안가 돌 틈의 냄새 같기도 한 그것. 지안은 한참 만에야 향긋한 냄새의 정체가 민혜의 신당에서 풍기던 향내라는 걸 깨달았다.

"우 선생, 내가 장형의 귀를 틀어막았으니 여인을 그만 놓아드리시게."

낮고 우렁우렁한 목소리와 함께 지안을 덮쳤던 통증이 사라졌다. 그녀가 겨우 눈꺼풀을 들어 올렸다. 연분홍색 마고자에 부채를 손에 든 큰어른 앞에 우 선생이 깍듯이 예를 갖춰 인사를 했다.

"이 정도는 해놔야 저쪽 사람들의 의심을 피할 수 있습죠. 장형이 직접 왔다면 당장 숨통을 끊어놓았을 겁니다."

우 선생의 말에 지안이 튕기듯 자리에서 일어섰다.

"숨통을 끊어요? 지가 뭐라고?"

지안이 우 선생에게 따지듯 물었다.

"대충 들었을 거 아닌가. 장형은 음영의 증조부야. 오래 묵은 악귀란 말일세. 내가 아가씨를 요절낸 줄 알고 있을 테니 목숨은 건진 셈이야."

우 선생의 말은 사실이었다. 장형은 이미 바늘에 묻은 피가 지안의 것이라는 걸 눈치채고 있었다. 하지만 음영이 좀처럼 그녀에 대한 정보를 내놓지 않아 찾아내지 못했다. 그 와중에 오랜 벗인 우 선생이 직접 나섰기에 장형은 그를 믿고 지안의 생사를 맡긴 터였다. 하지만 우 선생은 큰어른과의 친교도 두터웠다. 장형이 이승에 대한 미련을 버리지 못한 채 중국인 혼령들의 천도를 막은 탓에 우 선생 또한 발이 묶인 상태였다.

*

약속한 귀절이 왔다. 지안과 진만 그리고 민혜가 퀘이 앞에 당도했다. 세 사람의 표정이 결연했다.

"나 오늘 메이크업 어때?"

민혜의 화장이 늘 짙은 이유는 얼굴에 문신으로 새겨 넣은 퇴마 주술 탓이었다. 큰어른이 몸을 떠났을 때 잠시나마 악귀를 제압할 무기였다.

"민혜 씬 민낯이 더 화끈하지. 들어가자, 내 혓바닥을 갖고 논 악귀 잡으러."

지안과 민혜가 머뭇거리는 사이 진만이 퀘이 문을 열고 들어섰다. 왁자한 목소리가 가게 안을 음산하게 맴돌았다. 보통 사람의 눈으로 보기에는 텅 빈 공간이지만, 귀문이 열린 셋에겐 귀신으로 가득한 식당이었다. 문이 열리자 귀신들이 수다를 멈추고 코를 벌름거렸다. 지안의 피 냄새에 발동한 것이다.

주방에서 웍을 휘두르던 음영이 손을 멈췄다. 기름이 타들어가며 실내가 연기로 뿌예졌다.

"왔니? 큰어른이란 놈은 없네. 영감쟁이, 쪽수에서 밀리니까 꽁무니를 뺐구만. 거기 빈자리에 앉아. 우 선생으로 빚은 만두 한번 맛보라고. 쥐새끼 짓하다 소멸됐으니 쥐 만두라고 부르면 어떨까?"

음영의 몸을 차지한 장형이 킬킬대며 웃었다. 그가 걸친 창파오는 본래 무슨 색이었는지 구분할 수 없을 만큼 낡았다. 민혜의 눈엔 음영의 얼굴 위로 장형과 잉잉이라고 불리던 어린 음영의 모습이 겹쳐 보였다.

"민혜 언니, 정말 귀신으로 만두 만들 수 있어요?"

지안은 테이블마다 놓인 주먹만 한 만두 접시를 흘깃거리며 물었다. 보기엔 평범한 중화식 만두였다. 하지만 만두에서 풍기는 냄새는 비릿했다.

"악귀가 자기보다 하급령을 잡아먹는 걸 귀식이라고 불러. 장형은 오래 묵은 악귀라 우 선생을 집어삼킬 수 있었겠지. 먹고 남은 우 선생의 혼령을 발기발기 찢어 만두 속에 섞었을 거야. 가여운 양반. 어떻게든 피해볼 것이지."

민혜가 하나 남은 빈자리에 에르메스 핸드백을 올리고 자리를 잡았다. 그 곁에 앉으려는 지안의 청바지 허리춤 사이로 질척한 혓바닥이 파고들었다. 형체라곤 오로지 혀뿐인 귀신이 그녀를 희롱하는 중이었다. 민혜가 핸드백에서 부채를 꺼내 작두처럼 내리치자 혀가 동강 났다. 그걸 지켜보던 귀신들이 까무라치게 웃음을 터트렸다.

“정진만, 너 혀 좀 내밀어봐라. 새까맣지? 내가 들어가기 딱 좋은 날이다.”

민혜와 지안이 자리에 앉는 동안 진만은 장형과 기 싸움 중이었다. 기실 진만의 혀는 온통 검어졌다. 당연히 맛은 느낄 수 없었고 내장까지 스며든 음기로 소화도 멈췄다. 이제 장형이 슬쩍 건드리기만 해도 진만의 몸은 그의 것이 돼버릴 참이었다. 장형이 진만을 향해 손을 뻗었다. 하지만 진만에게도 계획은 있었다.

“네놈들 중에 나한테 죽은 놈 거수.”

진만이 뒷걸음질을 치며 장형과 식당 안 귀신들을 향해 외쳤다. 그가 직간접적으로 죽인 사람은 수백 명이었다. 보고 없이 레드코드들이 조용히 처리한 사건까지 보태면 몇 배수는 될 터였다. 하지만 귀신들 중에 손을 드는 이는 한 명도 없었다. 그도 그럴 것이 머더헬프의 타깃이 될 만한 악인들은 죽자마자 지옥행 미끄럼틀을 타고 사라졌다. 살아서 변변치 않았던 자들이나 구천을 떠돌며 양아치 짓을 하기 마련이었다.

“없지? 그럼 됐어. 두 번 죽이기 미안해서 물어봤거든.”

진만의 말에 장형의 표정이 구겨졌다.

“정진만, 너 뭐 하는 놈이야? 거, 요리사 염장 지르는 부자놈 아니었냐?”

장형의 물음에 진만은 대꾸하지 않았다. 열여섯 살부터 지금까지 30년간 어둠의 세계를 지배한 권위는 무거운 입술에서 나왔다. 비로소 계획이 개시되었다.

진만은 몸을 튕겨 번쩍 뛰어오른 다음 자신을 향해 손을 뻗은 장형의 가슴팍을 걷어찼다. 가게 안 귀신 중 유일하게 육체를 가진 놈이었다. 장형은 쇄골이 골절되어 얕은 신음을 흘렸다. 진만은 소매에서 탄창을 꺼내 민혜에게 던졌다. 지안은 민혜의 에르메스 버킨 백을 열어 네모난 중식도 한 자루를 꺼냈다. 탄창 안에 든 탄알, 중식도 모두 신물을 연마해 만든 무기였다. 아이디어를 낸 건 지안이었다.

"신물로 바늘을 만들었으면 다른 것도 만들 수 있는 거 아니에요? 총구를 신물로 코팅해도 되고 잘 벼려서 칼날로 써도 되고. 저 칼 잘 써요. 사람도 아닌 귀신인데 썰어버리죠, 뭐."

지안은 중식도를 들고 테이블 위로 올라가 파티션을 타넘었다. 평행우주가 있다면, 다른 세계의 지안은 좀 더 근사한 인생을 살고 있을지 몰랐다. 손재주가 있으니 일찌감치 예술가가 되었거나 대학생으로 번듯하게 살고 있길 바랐다. 하지만 이 세계의 지안은 귀신을 잡아야 셰프가 될 수 있었다. 그녀는 만두를 손에 쥔 귀신들에게 중식도를 날렸다. 산 사람을 해치듯 급소를 공략했다. 경동맥과 명치, 정수리와 뒷목, 간이나 폐가 있을 만한 자리를 힘껏 내리치고 날카롭게 거둬들였다. 귀신들은 피를 흘리는 대신 상처가 난 자리에서 지린내 나는 연기를 뿜었다. 코와 귀와 목, 손가락과 갈빗대가 숭덩숭덩 잘린 귀신들이 바닥을 나뒹굴었다.

"이봐, 귀신 양반들. 나도 화끈한 거 보여줄게."

민혜는 권총에 소음기와 탄창을 끼운 다음 클렌징 패드로 파운데이션을 닦았다. 얼굴에 새긴 퇴마 주술이 드러나자 세력이 작은 하급령들이 제풀에 소멸되었다.

"너무 싱겁다. 나 이 정도로는 도파민 안 올라와."

흥이 난 김에 민혜는 식탁마다 놓인 만두를 손으로 집었다. 그러고는 퀘이 문을 열고 어둑한 저녁 거리를 향해 던졌다. 우 선생으로 빚은 만두는 근처 지박령들을 자극했다. 그들도 귀식으로 도력을 얻고 싶어 안달이 난 참이었다. 퀘이 안으로 달려드는 귀신들을 총알이 마중했다. 거구에 이마가 좁고 뒤뚱거리는 남자, 빈 유아차를 끌고 다니던 여자, 누더기 옷에 동전 바구니를 든 노인, 개 없이 빈 목줄만 끌고 다니는 아저씨 등이 하나씩 소멸됐다. 그건 응징이 아니었다. 어떻게든 이승에 머물며 갑자기 사라진 가족이나 연인, 반려동물을 찾는 원령들이었다. 도력이 생기면 잃어버린 무언가를 되찾지 않을까, 겁 없이 덤벼든 그들을 민혜는 가여워했다.

진만과 장형은 이글거리는 눈빛으로 대치하고 있었다. 둘 다 무기는 없었다. 선공을 퍼붓긴 했지만 진만은 장형을 죽이고 싶지 않았다. 그의 육신은 음영의 것이었고, 그 역시 피해자였다.

"야, 이 쩨쩨한 놈. 너 나 못 죽이겠지?"

진만의 마음을 읽은 장형이 이죽거리며 식탁에 놓인 만두 하나를 베어 물었다. 우 선생의 외마디 비명이 들렸다.

"에이, 맛없다. 먹어도 먹는 거 같지가 않아. 난 말야, 네 혓바닥으로 맛을 보고 싶어. 내가 마음만 먹으면 정진만이 혓바닥 뽑을 수 있거든. 이미 그건 내 거니까."

식당 안 귀신들을 도륙한 지안과 민혜가 숨을 헐떡이며 돌아섰다. 진만이 신호만 보내면 언제든 놈에게 신물을 휘두를 준비가 되었다. 하지만 잘못하면 진만의 혀가 뽑혀나갈 수 있었다. 지안과 민혜가 숨죽여 장형의 움직임을 바라봤다.

"내 몸으로 산다는 게 어떤 건지 알아?"

진만이 장형에게 물었다.

"너 보아하니 아무래도 인간 백정 같아. 사람 여럿 죽였지? 내가 너한테 끌린 이유가 아마 그거일 거야. 썩은 피 냄새. 그러니 나야 좋지. 초록은 동색인데 같은 놈들끼리 뭉쳐서 재밌게 살자. 나중에 다른 몸뚱이 구해 같이 옮겨 다니며 천년만년."

장형은 여유를 부리며 의자 하나를 끌고 와 앉았다. 골절된 쇄골이 부어올랐지만 이까짓 비루한 몸, 버리면 그만이었다.

"인간 백정은 쉬울 것 같냐고 묻는 거야."

"그게 뭐 어려워. 수천 년 전에도 살인자는 있었어. 가장 오래된 직업이 살인자, 요리사, 창부야. 다 할 만하니 하는 거고, 일이 끊이지 않으니 대를 잇는 거지. 안 그러냐?"

장형은 자신 있었다. 씨앗에 물을 주면 움이 트듯, 악의에 물을 주면 범죄가 자란다. 그는 진만이 인간 백정이라는 사실이 매우 흡족했다. 인육으로 만들 수 있는 요리도 비본으로 전승받았다. 새로운 세계가 그의 앞에 펼쳐질 기회였다.

"내게 혈육이 있었으면…… 난, 이런 일을 하는 나를 용서하지 못하겠지. 내 더러운 피가 아무도 더럽히지 않아서 얼마나 다행인지 몰라. 이 자각이 너와 나의 차이다."

"개놈의 자식이 누가 누굴 나무라고 있어."

장형은 제 증손자뻘도 안 되는 진만의 꾸중에 분이 났다. 그가 역정을 내느라 의자에서 일어섰을 때 진만은 기다렸다는 듯 놈의 명치를 무릎으로 가격하고 뒤로 자빠뜨렸다. 진만은 체중을 실어 장형을 누르며 민혜를 불렀다.

"지금이구나."

민혜가 작게 뇌까리고 진만 옆에 섰다. 지안도 그녀의 곁에 나란히 섰다.

"단혈을 막았습니다, 큰어르신."

민혜가 눈을 감고 어깨를 흔들었다.

진만이 무릎으로 누른 곳은 임맥과 독맥이 교차하는 혈자리였다. 귀신이 인간의 몸에 빙의해 기생하는 공간이었다. 그 탓에 빙의자들은 하나같이 얹힌 듯 배가 답답하다고 호소했다. 물리적으로 귀신을 공격할 방법은 단혈을 누르는 것뿐이었다.

민혜가 작은 목소리로 경을 외웠다. 슬며시 두 손을 들어 공중을 휘휘 저으니 쓰레기통에 버려졌던 바늘이 총알처럼 날아와 민혜의 오른손바닥을 관통했다. 그녀는 날아가려는 바늘을 움켜쥐었다. 이윽고 지안이 들고 있던 중식도도 움찔거렸다. 민혜의 주문이 신물을 불러 모으는 중이었다.

"괜찮아, 놔."

진만이 낮은 목소리로 지안에게 말했다. 그녀가 뻣뻣하게 굳은 손을 펼치자 중식도가 민혜의 왼손으로 날아갔다.

"정지안 씨, 이제 당신 차례야."

지안은 자신이 해야 할 일을 알았다. 하지만 좀처럼 용기가 나지 않았다. 그녀는 누가 자신을 부른 것처럼 몸을 돌려 식당 밖을 바라봤다. 먼 하늘의 위성이 유난히 밝았다. 테일러 스위프트의 노래가 흐르고, 이제 막 첫 잔을 들기 시작한 사람들의 웃음도 들렸다. 담벼락 아래, 버려진 유아차에 노란색 줄무늬 고양이가 몸을 또아리 틀었다.

"길어도 지루하지 않은 시간이었다. 원수가 있어서 좋은 건 딱 그거 하나뿐이지. 궁리를 하게 만들거든. 당최 다른 생각은 할 수가 없더구나."

우렁우렁한 남자의 목소리가 들렸다. 큰어른이었다. 얼굴이 붉고 수염이 흰 남자의 형상이 지안의 등 뒤에 연기처럼 피어났다. 모두가 지안의 결정만을 기다렸다. 그녀는 길게 호흡을 내지르고 민혜를 봤다. 그녀의 손아귀에서 붉은 피가 절절 흘렀다. 지안이 손바닥을 펼치자 바늘이 은빛 갈치처럼 공기를 가르고 날아와 지안에게 잡혔다. 그녀의 등 뒤가 뜨끈해졌다.

"근사한 주문 같은 건 몰라서 그냥 나 하고 싶은 대로 할게요. 하아, 그만 좀 하고 꺼져줄래?"

지안은 진만 무릎 아래서 하얗게 질린 장형의 명치에 바늘을 힘껏 찔러 넣었다. 주요 장기나 큰 혈관을 건드려 급사라도 해버리면 앞으로 벌어질 일이 막막했지만 별수 없었다. 무기 밀매업자인 진만이 해결해주길 바랄 뿐이었다.

지안이 바늘이 들어간 창파오 앞섶을 손바닥으로 눌렀다. 그녀의 땀과 눈물이 손등으로 뚝뚝 떨어졌다.

"언니, 계속해요?"

지안은 언제까지 바늘을 누르고 있어야 하는지 몰랐다. 장형이 비명도 지르지 않는 걸 보면 이미 죽은 걸지 몰라 두려웠다.

"뭔가 느껴지지 않아? 바늘을 툭툭 치는 느낌."

민혜가 지안의 손등에 귀를 댔다. 바늘 끝에 반지가 닿아 잘칵잘칵 소리가 났다.

"느낌 있어요."

"이제 놔도 돼."

지안이 손에서 힘을 뺐다. 바늘이 저절로 빠지며 창파오가 피로 젖어들었다. 떨어진 바늘 끝에 반지 하나가 자석처럼 붙어 있었다. 큰어른의 집이자 도력의 원천이 마침내 돌아온 거였다.

*

귀절이 끝나갔다. 진만의 혀는 다시 예전처럼 붉어졌고 깨어난 음영은 자신에게 벌어진 일을 기억하지 못했다. 선 채로 얼굴에 쿠션을 두드리던 민혜가 에르메스 백을 집어 들었다.

"아니, 사장님. 밥 한번 먹기 너무 힘드네. 폭탄이라도 떨어졌나? 매장 꼴이 이게 뭐예요. 112 신고해드려요?"

마치 지나가다 배가 고파 식당에 들렀다가 못 볼 꼴 본 손님처럼 민혜가 시치미를 뗐다. 영문을 모르는 음영이 자신을 둘러싼 민혜와 진만에게 연신 죄송하다고 인사를 했다.

"아저씨, 저 다음엔 진짜 밥 먹으러 올게요."

지안이 바닥에 널브러진 의자 하나를 일으켜 세우고 음영에게 말했다. 그녀는 떨어지지 않는 발걸음을 옮겼다. 고양이 한 마리가 또아리 틀었던 유아차에 또 다른 노란색 고양이와 재색 고양이까지 모여들어 서로의 몸을 핥았다.

"정지안 씨."

뒤따라 나온 진만이 지안을 불렀다.

"인사치레 안 해도 돼요. 약속했던 추천서나 잘 써주시면 감사하겠습니다."

칼을 함부로 휘두른 요리사가 정말 셰프 자격이 있는지, 지안은 확신할 수 없었다. 그래도 약속은 약속이니까 주는 걸 마다하긴 싫었다.

"정례 씨가 손녀 잘 키우셨네. 최고령 레드코드다워."

진만의 입에서 나온 건 지안의 할머니 이름이었다.

"범죄 집단 오야붕이 우리 할머니 이름은 어떻게 아는데요? 뭐, 뭐, 우리 할머니가 킬러였다, 그거예요?"

지안이 성을 내며 몸을 돌렸다. 그러나 진만이 있던 자리엔 키 작은 남자 둘이 담배를 물고 서 있었다.

"저, 방금 여기 있던 남자 못 봤어요? 키 크고 배우처럼 잘생긴 아저씨요."

지안이 담배 피우는 남자들에게 물었다. 그들은 담배 연기를 뿜으며 고개를 가로저었다.

"화장 진하고 키 작은 여자는요? 되게 비싼 핸드백 들고 힐 신은 언니요."

"몰라요. 저희도 지금 왔어요."

지안은 어떻게 진만이 할머니의 이름을 아는지, 무슨 재주로 바람처럼 사라졌는지 궁금했다. 옆집 우주의 정지안이라면 어떻게 했을지도.

옆집 우주의 킬러들

초판 1쇄 인쇄일 2024년 2월 27일
초판 1쇄 발행일 2024년 3월 10일

지은이 강지영
펴낸이 정은영

펴낸곳 (주)자음과모음
출판등록 2001년 11월 28일 제2001-000259호
주소 10881 경기도 파주시 회동길 325-20
전화 편집부 02) 324-2347, 경영지원부 02) 325-6047
팩스 편집부 02) 324-2348, 경영지원부 02) 2648-1311
이메일 munhak@jamobook.com